郭成義・著

薔薇的剪裁

郭成義小說・散文・詩合集

我底青春愛思考和美學

自序　18＋40

18＋40？

什麼意思？好奇怪的題目。

簡單的說，十八是指十八歲，四十是指四十歲。

換句話說，這本書裡的作品，不是十八歲時寫的，就是四十歲時寫的。更精確的說，書內作品的寫作時間與在報章雜誌發表的時間，是以前者居多，後者為少，但後者卻擔任了整理、完成這本書的重要任務。

當然，十八可能也泛指十六歲、十七歲、十八歲、十九歲、二十歲……，四十也泛指了四十歲、五十歲、六十歲，反正，那是一種階段，是年齡反射出不同階段的情感和思想。十八歲和四十歲的人，理論上是會有兩種不同的想法、觀念和情感。

分析起來，十八歲應該是感情最豐富、戀愛情緒最高昂的時段，也是最多愁善感的年代，要哭要笑，要愛要恨，都是不必掩飾的，適合談一場轟轟烈烈的愛。

四十歲則理智漸長，生活與感情都安定，對於戀愛比較不那麼激進，愛恨情仇容易被克制。但儘管如此，十八歲依然會有深湛的思想，四十歲依然會有割不斷理還亂的肉體意慾，不見得是截然不得交集的兩個世界。

從現在看過去的十八歲，其實是充滿了值得紀念的日子，那是在自己成長過程中最美妙的一段人生，因為一切的思想和情愛都是在那個時刻成形的，是從青澀走向成熟的里程碑，是最勇敢、最具冒險性的黃金年齡，是適合挑戰與摸索的狂妄的年紀，因此，那也是一隻最吸引人跌落記憶的精靈。

我的記憶，真的是從十八歲那個階段開始的，很多人必然也是這樣；但是要有這樣的感想，也必須是站在四十歲之後的現在，才有可能那麼寬愛地看待當年的無知與莽撞，或許沒有四十歲，十八歲是不能成形的。我常常想，人如果一直活在狂妄的十八歲，可能會瘋掉或死掉，因為以人有限的肉體與精神，都將無法負荷，所以上帝叫歲月一直往前走，不得停頓，這是有道理的。

四十歲或許是老化的開始，但卻是成熟和理智建立穩定基礎的開始，十八歲我迷戀薔薇，把薔薇當成自己的肉體那麼崇拜，四十歲我知道，薔薇的美顏是一種意象，是我青春的圖騰，而四十歲的我依然在心中栽植薔薇，但薔薇不是美，只因它有我的十八歲。

這本集子，簡單的說，是我在接近花甲之前，所收集的我的青春的美學，裡面有我的思想與情愛，我的夢也就在這裡實現。希望所有的人都享受、珍愛並且記錄他的青春，如果有來不及，何妨就與我分享這本書！

二〇〇九・十一・十

目次

第二輯

開在雨季裡的花　散文

第三輯

漂白的風景　詩的散文

第四輯 薔薇的剪裁 手記・思的美學

第五輯 情書 情詩

第一輯　夜晚的薔薇

小說・小小說

水岸

決意要到水岸走走，起意於多日不見的陽光。

早上醒來的時候，陽光像晶鑽一樣的鋪灑我一身。縱使說是早上，但其實已是過午，嗜睡的我總是一覺不醒，除非有約會。

匆忙的梳洗一番，我覺得伊一定是等得不耐煩了。原本只是想坐坐聊聊，但陽光把我的計畫全部打翻了，我決定帶伊去水岸那邊。

看到伊的時候，伊覺得我有點出乎意料之外的興奮，完全不知道這是陽光的詭計。從來我們只是吃吃美食喝喝下午茶，談一點不能再談的私房密事，這次決定走出戶外，伊也有幾份雀躍但不定的情緒，可以輕易的從伊臉龐看出來。

尤其，是到我們不知談過幾遍的水岸。

伊更知道，今天絕不只是要去走走。

伊今天穿了一件裹身的黑色牛仔褲，顯露伊筆直而有弧度的腿，外面罩著一件洋灰的短大衣，裡面是一件白T恤，緊緊的，把鼓鼓的胸部線條勾勒出來；紮在腦後的馬尾巴，在伊從階梯上跳躍下來時，一晃一晃的在我眼前擺盪。

縱然有陽光，似乎風還有點冷，我輕輕握住伊的手，冰的。我嚇了一跳，彈開我的手，伊卻笑吟吟的過來強拉我的手，把它包住，完全是想搗蛋的模樣。我還是甩開了。

見到伊的第一句話，我說：「好久不見。」

伊的臉陰沉下來。不語。

「對不起。」我說。

伊把臉轉到一邊，我把它轉過來。伊眼睛有點濕濕的，可是卻讓伊的睫毛更醒目。我好像看到晨起的荷葉邊上沾染的露珠。

我再次向伊道歉的時候，伊攬住我的手肘，把臉側靠我的肩上，一語不發，我忽然感到急遽的心痛，差點也掉下眼淚。

我真的沒有太多的時間，和伊，一個月見不到幾次面，一見面又要匆匆分手，這份見不到陽光的感情，好生折磨。

可是忽然間，伊似乎又想到了什麼，突然雀躍起來，張開伊的雙手，向著天空喊著：「啊！好好的陽光。」似乎在用力呼吸著好久不見的空氣，伊的爽朗足以讓我從陰暗的心的角落爬上來，向陽光曝曬我沉湎的心情。

我把伊帶進車裡。從以前，伊就不愛坐進我的車裡，伊說，那是另一個女人的座位，伊不想坐。伊連一根留在車上的毛髮都要撿出來，丟給我說：「那，你老婆的。」可是，到了最後，伊還是要向我妥協，知道這是無可奈何的事，伊說：「怪我們相見恨晚吧。」我無法形容伊的眼神，哀怨而憤怒。

坐進車子裡，伊脫掉外衣，冷冷的朝我笑著，以看不出是高興還是促狹的表情，望了我一會，好像等我講一句什麼話。其實我什麼也不說，知道伊心情確實是高興的，因為就要到水岸那邊去了。

是吧。那是一個浪漫的地方。伊說過好幾遍了，彷彿是說到某一個夢境一般，成熟的眼光竟煥發著童騃的光痴。那是伊沒去過的，吵了幾次，為怕招人耳目，我始終沒勇氣帶伊去，如今終於決定帶伊去了。事情總是要有個決定，不，不如說是要有個結束。

我內心的情緒無以名狀，伊的不悅彷彿還加點興奮，我的手和心其實則冰冷一致。選擇浪漫水岸，或許是要讓痛苦和不捨能夠獲得一些稀釋的能量，但總覺得今日的陽光似乎在嘲笑我的懦弱，亮得特別刺眼，這不是秋末初冬應有的景色。

車子行走時，剛開始有一段時間，伊不太講話，眼神集中在車窗，顯然不太愛理我，我知道這是伊生氣的表情；伊的手指在嘴唇上輕輕來回劃了幾道，好像在沉思什麼，然而我知道這是伊內心焦躁不安。

我用眼角的餘光，看到伊側臉的線條，感覺到那是一尊賭氣的維納斯，我又突然噗嗤的笑了出來。

「妳好像要殺了我。」我對伊說。

「我是。」伊冷冷應了一句。

「要去水岸了，妳應該是高興的。」

「我會……我會的。」

輕輕的唇音，故意讓人分辨不出伊的意思。

我把手伸過去，放在伊的手肘上，沒有拒絕。我輕輕撫摸了一下，又縮回。伊側過頭來看著我一會兒，然後說：「陽光這麼好，我們和解。」

我笑了笑，知道伊在強忍情緒。伊繼續撥弄伊的馬尾巴，烏黑的頭髮顯示伊的年輕。伊把馬尾巴解了下來，熟練地用五隻手指頭把頭髮梳理了一番，最後又把馬尾巴紮了上去，髮香飄向我這邊，幾乎讓我陶醉，左側的胸部隨著手的運作而彈性地伸縮，那是女人優美的弧度。

「你有想我嗎？」伊突然問我。

「有，有。」

「想多少？」

「很多，很多。」

「到底多少？」

「這怎麼能算得出來。」

「可以。」

「那妳算，妳想念我多少？」

「上一次見面之後，和今天見面之前，我對你的想念有半公斤之重。」

「怎麼算的？」

「上一次見面之後和今天見面之前的體重相減。」

「這是什麼理論？」

「你沒聽說相思會使人消瘦？那瘦掉的重量就是思念的重量。」

我哈哈的笑了起來，難為伊有心情去思考這些問題。

「我看你根本沒想我。」伊繼續說。

「為什麼？」

伊伸過手來，捧著我的下巴端詳一會兒，然後拍拍我的臉頰說：

「我看你根本是胖了！」

我迅速拉住伊的手，瞬間在伊手上輕吻了一下，我說：「我其實想妳想得非常厲害！」隨後又加了一句：「非常痛苦。」

空氣頓時凝結，我們彼此對望，伊的嘴唇微微蠕動，似乎想說什麼又忍了下去，又似乎是有什麼說不上來的話。我想，我自己也是吧。一段時間，我們又沒有了對話。

交往越久，感情越深，我們越是有這種無從言語的困頓。通常這種時候，我們連相望的勇氣都闕如。有一種鴻溝，看不見的鴻溝，無時無刻不存在的鴻溝，橫臥我們的面前，我和伊，好像在進行一場無法跨越的障礙賽，除了揮汗，也會流淚。

伊的眼睛，經常濕漉漉的，淚水含在眼裡，不願流出，現在也是。

或許繼續保持沉默，會比較自在。但我手握著方向盤，腳踩著油門，眼睛盯著前方的路，腦筋裡卻是一些亂七八糟的符號，像漫畫中那種線球一般團團雜亂的線條，伊撥弄馬尾巴時的髮香也不再吸引我。

這是痛苦的。痛苦不能不解決。要解決，不能不面對痛苦。我下定了決心，因為這對伊是不公平的。

車行到水岸的時候，終於讓伊一展笑靨，伊幾乎是用跳的離開了車子的座位，很快的高舉雙臂向著太陽做了一個深呼吸，我又看到伊牽動的乳房的弧線，雖然包在T恤裡，但我彷彿能看透裡面肌肉的運動。那或許是因為，它曾在我面前裸露的緣故吧，或者說，它是我異常熟悉的地帶吧。

過多而嘈雜的人潮，使我們牽著手慢慢行走。陽光一樣，只是遠方還有些陰霾，對面的山雖然很清楚，但還是罩著一層薄紗似的，感覺不綠了。木板的人行道，來來往往的自行車穿梭其間，似乎是一幅不協調的畫面。只有牽著手而相互依偎的紅男綠女，是不協調畫面裡最有秩序的線條，他們豐富了這個水岸。從我們站立的位置看過去，遠方有山有水，還有高樓大廈矗立水岸，層次分明，還算是一幅極富立體感的山水畫。

伊的手已經增溫，伊也似乎為了這幅山水畫而驚豔，幾乎是看呆了。然而，其實我並沒有辦法去充分領略水岸的美，無論如何，想像永遠比現實美麗，到了水岸，就是水岸，它的景色是不會瞬間變動的，但想像的水岸，有各種美麗的可能，它的景色會隨想像的需要而改變。同時，我內心的焦躁，也讓我無心對水岸的美多所驚訝。

我忽然想到，我和伊，莫非是基於想像的需要而相愛？

伊找了一個可以看見風帆的位置坐了下來。伊對水面上的風帆驚訝連連，似乎不敢相信這裡會有這種活動，當風帆第一次攝入伊的眼簾時，伊是真的尖叫起來的，幾乎與小孩沒有兩樣。

「如果有相機……」伊說了一句，就打住了。

我們見面時，從來不帶相機，因為害怕留下照片。有一次，伊忍不住用手機拍了我的照片，過幾天我強迫伊刪除，伊非常不悅。儘管如此，伊還是會聽我的。

我伸手摟著伊的腰，後來又把手放在伊的肩上，非常熟練的動作，此刻竟有點不知所措，我再把手伸去整理伊側耳上飛亂的頭髮，伊似乎沒有發覺我的不安，但伊的眼睛立刻從遠方的景色拉回到我的身上，靜靜的看著我。

「我們，」我開了口，我沒有看伊，一點也不遲疑的說：「分手吧！」

天曉得我的心跳得多厲害，但我認為一旦這句話要說出口，一定要用快刀斬亂麻的方式，很勇敢的說出來，否則我會失去那個勇氣，因為這是必須靠力量來完成的事，這個力量就是要把自己放棄，當成是另外一個人在說話，在伊面前，我已經不在了。

儘管事前曾經多次演練，想要把這句話說得很婉轉、很完美，但越是想要這樣做，我越是沒有勇氣，也沒有力量，伊的影子就像一個巨人般的壓著我，像在夢裡一樣，講出來的話會變成一堆模糊的字彙，成為不清楚的唇音。

我用最快的速度解決了這個問題，之後便突然的放心了下來，甚至還有些興奮起來，好像要看戲一樣：好呀，我要看看伊如何接招？

這種念頭實在非常的卑鄙，連我也想像不到會出現這種情緒，那是意外。

伊當然，如我所料，用幾乎不可置信和激動的眼神看著我，並且突然站起來，拍拍屁股上的灰塵，但隨即又坐下來，平靜了五秒鐘。

「終於來了。」伊說。

我乞求式的拉著伊的手：「過去我一直在奢求非分的幸福，但這個過程實在痛苦多而幸福少，妳所受的委屈看在我眼裡，對我更是折磨……」

「你想多久了？」伊打斷我的話問，似乎不想多聽我的解釋。

「沒有多久。」

「什麼理由？」

「這對妳不公平，我一直都是內疚的，妳也知道。」

「不是你太太給你的壓力？」

「她不知道。」

「是啊，要讓她不知道，你一定很為難的，就是這個緣故吧。」

伊如此理智的反應真的是出乎我的意料之外。當然，這種反應也在我事前的推演之內，但我不相信伊做得到。換句話說，我在想，我真的了解伊了嗎？包藏在因著呼吸而起伏顫動的胸部底下，那顆心會是我熟悉的嗎？

我懷疑的是，明明伊的眼角已經噙著淚水，卻沒有掉下來。

伊的另一隻手伸過來，握住了我的手，有一部分冰冷，一部分溫熱。我很想擁抱著伊，雖然周圍有那麼多人，我不在意，反倒是伊，忽然變得疏遠了，變得不可侵犯了，我畏縮地想著。

「老實說，我也想過，」伊放開我的手說：「一開始就想過，就是這樣的結局也想過了啊。」

這點我是不意外的。但頃刻之間我忽然也懂了，伊一定經常在演練這個分手的結局，說不定剛剛的反應就是伊認為的最佳政策。我忽然真的寬心，但為什麼還會覺得好像身上某處掉了一塊肉那般，感覺到痛？

不會吧？我的心裡翻起一陣酸痛，好像要反胃似的，突然淚水要湧上眼眶。我死命地把這種酸楚的感覺壓下去。

「我愛妳。」我說。

「但我們無緣，相見恨晚。」伊回答。

這是多麼冷靜的回答，我不知如何回應。伊繼續說：「我很感謝你，我必須說，你沒有很濫情，否則我們兩個必然會有一個很糟的下場。」

我還是沒說話，只是看著伊。

「我要走了！」伊突然站起來。我訝異伊沒有說「我們走吧。」

「不！不！」我慌張而拙劣地說：「等等，我送妳回去！」

我也迅即站起來，拉著伊的手，伊立刻擺脫。

「你不要再碰我！」

伊突然大吼。我幾乎嚇呆了。這是對我的處罰嗎？我一樣不能置信。

伊的溫馴和軟弱，此刻從伊身上突然都跑光了，我看見的似乎是一尊憤怒的維納斯。不，與其說是憤怒，不如說是伊在擺出某一種姿態，或者說，伊也不知道如何處理現在的情緒，使得伊的肢體顯得有些不自然，眼前這個我緊緊抱過的溫暖的軀體，呈現出冰冷的線條。

這不在我原先的預料。我徬徨無措。真的是無措。

但是伊也沒有立即走開。一個被媽媽牽著走的小孩，手上的霜淇淋掉落地上，沒有發覺的媽媽依然帶著他走了，後面一個小孩，騎著自行車飛快而搖晃地碾過去，霜淇淋濺了滿地，我的褲管也沾了幾滴吧。我皺皺眉頭，沒去理會。

伊此刻走了兩步，從包包裡取出手機，撥了一個快速鍵，放在耳邊。我聽到伊在對著手機的另一端說話：「你來載我。」

我只聽到這句，因為伊又已走了好幾步，在這行人和自行車竄來竄去的噪音裡，我無法聽到伊說了些什麼，但我知道伊在聯絡一個人，可能是一個男人。那麼說，是伊也有另一個男人了嗎？我真是意外，也有點不快。

在我生命的秩序裡，此刻我是被攪亂了的，對這樣的水岸因此有點嫌惡。

我還是走近伊的身邊。伊沒有走得很快，彷彿就在等我。伊不是一個決裂的人。

「我送妳回去不好嗎？」我說。

「不要吧。」伊轉過來，搖搖頭，馬尾巴晃呀晃，那是我迷戀的動作。伊忽然把語音放得非常軟：「我不是沒有做好準備，我一直在做這個準備，但我還是有點失控，是不是？」

「我很對不起。」

「沒關係，我的朋友會來接我，你回去吧。」

「不能再和我相處一點時間嗎？」

「不能，不願意，也不必要，我不夠堅強，如果再看著你，我會很傷心，如果我繼續傷心，我更不想離開你，結果會怎樣？」

「都是我的錯。」

「一開始就是錯的。」

伊忽然輕輕的哭出來，並且喊了一聲：「好苦啊。」隨即掉下了淚水。我想把眼淚擦去，伊卻不容我動手，自己就擦掉了。

陽光逐漸隱去，天氣逐漸轉陰，我在伊的眼前呆若木雞。

伊看著我的樣子，似乎也覺得不忍，或許伊在想，這樣對我並不是最好的，可是伊也沒有更自在的方式。這次伊主動的拉起我的手，緩緩的走出步道。要離開這個水岸了嗎？

「你不覺得，」伊說：「接下來我們幾乎不知該說些什麼。」

「我知道，我找不到更好的言語了。」

「所以我必須請我的朋友來接我，不然不是很尷尬？我們在車上如何相處？」我聽起來，伊會不會是在為她有一個男友在解圍？

「那倒……不會，還不至於不熟悉。」

伊忽然又噗嗤笑了起來，雖然非常短暫。

「想想，以前我們是什麼樣的關係，現在的我們又是什麼樣的關係，將來我們會是什麼樣的關係？突然間陌生了吧！」

「將來……」我實在不願意說，將來的我們不會有關係，因為這是我自己做的選擇，我了解，如果不徹底解決，還要藕斷絲連的話，對伊不盡公平，對我始終也是精神和肉體的負債。如果還要再見伊，我的感情會繼續崩潰，我的精神最後也將癱瘓。

「你知道嗎？我要謝謝你，」伊這樣說：「因為分手這句話，是我要說的，我一直想要說出口，但不夠勇敢，也許是我比較濫情吧，沒辦法從感情的爛泥巴裡爬起來。」

自從講出「分手」之後，我變得唯唯諾諾，反倒是伊變得話多了，似乎比我更明瞭我們之間的問題。是伊放開了嗎？還是我在心虛，或悔恨？

走到大馬路上，嘈雜依然，砂石車呼嘯而過，路上一陣灰煙，伊放開手說：「是說再見的時候了！這次換我看看你離去的背影。」

但我堅持不肯，我不知道我還有什麼話說，也不知道是否不捨，總之我就像個做錯事又不願認錯的小孩，期望拉著媽媽的裙角，奢求她的關心和原諒。

這個時刻伊的手機響了，我猜想是那個男人快到了吧。伊快走了幾步，把手機擺在耳邊，一隻手掩著耳朵，一隻手掩著嘴巴，嘰哩呱啦的說些什麼，然後收起手機，放進包包裡。

我沒有快步跟上，文風不動的站著。伊今天穿了一件裹身的黑色牛仔褲，顯露伊筆直而有弧度的腿，外面罩著一件洋灰的短大衣，裡面是一件白T恤，緊緊的，把鼓鼓的胸部線條勾勒出來；紮在腦後的馬尾巴……當我這樣觀望著距離我幾步之遙的伊時，忍不住熱淚湧上眼眶。

我並無意流淚，是淚水自己找上來的，當然也不會掉出來。

伊向我搖搖手，是說再見？還是招手喚我過去？我無法判斷伊的舉動，那個我曾經熟悉的身體，今後難道就要變成別人的嗎？我在內心咒罵自己為什麼會有這種物化的想法，但那剎那的念頭確是不可自抑的，我真的有失落啊。

不多久，一輛銀色轎車開到伊的面前，男的下來，是一個留小平頭，蓄著小鬍子的年輕傢伙，穿著看起來怎麼跟電視新聞裡的小開一模一樣？伊未再理我，有說有笑的，被那個小鬍子輕推著腰送進車裡。我不知怎地看著他們離去，一團白影之後，車就離遠了。

我悵然若有所失，呆立半天，大大的嘆了一口氣，拿起我的手機。

「寶貝，我今天有空，等一下過去找妳，等我！」

收起手機，我臉上是否閃過一絲詭笑，我沒看見，只是心裡這樣想著。

人間風景

透明的玻璃茶壺裡，滾燙著躍動的心，水就要開了。

外面其實有點炎熱，好久沒下雨了。在這樣的天氣，喝茶，或許不是最好的選擇，但，說不定這是最好的選擇，我可以好好、靜靜地端詳著她。

坐在我面前的女人，多年不見了，她注視著壺中跳燙的水泡，有些不敢正視我的臉，小孩則摟著她的腰，低頭用陌生而帶有敵意的眼睛，看著我，一溜煙又把眼光移向桌上的甜點與蜜餞。

氣氛沒有我想像中的甜美。

不是沒有想過我們會再見面，但會面的景況應該不是這樣。

有了一個小孩在場，我跟她的距離明顯只有更多而沒有更少，我對她尚存的一些幻想，此際竟變得多餘。

那一年的夏天，南台灣的旗津海邊，欣賞夕暉下遠遠歸航的船隊，我們從沙礫上站起身子，我偷偷拍了一下她的手臂，這個女人把她的手交給我，開始我們的戀愛。

我刻意地哼起那支老歌「妳那好冷的小手」，感受她那手心發汗的微溫，她白色的百褶裙，在向晚的風中飄展如初開的花朵。

聽到這首歌，她也害羞地笑著，臉上的笑容宛如初綻的玫瑰，那麼紅。

我不自禁的想著，經過多年以後，遠從南部來台北找我的她，依然還是穿著一襲足以隨風飄揚的百褶裙，然而，我們之間卻突然被一股莫名的恐慌和不安所隔離。

難道只因為她身邊多了一個四、五歲大的兒子？

她伸過手，提起剛燒開的水壺，熟練地為我泡茶。

「我家裡的……那個，是標準的茶道迷，差一點到山上去種茶了……」

她的手似乎略微發福了些。我試著把手輕搭在她的手背上，她有點尷尬，卻沒有拒絕。然而身邊的小孩卻忽然衝起來，推開我的手，他的眼睛發慍。

「叫伯伯！快點，叫伯伯……」她對兒子說，眼睛卻看著我。

孩子仍然一副桀驁的神色，甚至翻起白眼，好像要責怪我的無禮，搶走了他的東西。

「你不乖！」她把茶泡好，扯著兒子緊翹的嘴唇說。

「我要回去找爸爸！」孩子終於說了一句話，露出堅決的態度。

然而我知道，他不過是在對我耍狠罷了。他的媽媽也沒有理他。

剛接到她的電話時，我只思索了一會兒，就把她帶到這家茶藝館來，一路上並沒有太多的話。也許分離太久了，我竟然失去了想擁抱她的勇氣，就連湊上去聞一聞她髮香的衝動也喪失了。

在下意識裡，她是一個有夫之婦，這會讓我感到挫折，儘管內心的情感仍像茶壺裡滾燙的熱水。但，說是情感，其實也是對肉體的眷戀，至少有這樣的成分吧。

我不想否認我的挫敗感，多少是源自於眼前這個肉體對我的疏離所致。

在來的路上，我一直找小孩講話，想潤滑一下僵硬的氣氛，他卻始終不置一辭，反而更令他媽媽不安。

「結婚後還好吧？」

我轉移話題，不想再讓小孩搞壞情緒，我開始正視她的臉，那曾是一張令我狂戀的臉。我看見她說話時微顫的唇形，那是我熟悉的圖案。

「還好，你呢？」她忽然露出促狹式的笑容：「還是沒有離婚吧？」

「沒有。」我難堪的笑笑，為了她，曾不顧一切想要離婚。

「為了你好，我才趕快嫁人……不想成為一個破壞別人家庭的女人。」

她壓低聲音繼續說：「我不斷的告訴自己那只是一場夢，你知道的，我們不能，不能……」

趁著孩子分神在觀賞窗外景色的時刻，她輕握了我的手，我反而有點驚訝。

她的手好冰好冷，我想是裡面的冷氣太強了吧，雖然手心流汗。然後，她又立即抽回手，恢復了一臉正經，默默的喝著茶。

我的腦海裡迅速閃過太多的畫面，那年我離開她的那刻，她正以淚洗我的臉，但天曉得那是她決定離開我的時刻。

那是個週末下午，我們躺在床上，擁抱著，但是我回台北的班機時刻快到了，我忽然推開她說：「我該回去了。」

她停頓了幾秒，我以為她會像以前一樣，送我到機場，但她突然緊緊的伸出雙手勾住我的頸背，把我壓在她的身體上：「不要，不要，不要你回去……」

她的淚無聲無息的流了出來，沾濕了我的臉，還有我的衣袖，我完全對她失去抵抗，決定留了下來。那一次，她的肉體真的完全地擄獲我，並且刻印在我漲滿費洛蒙的腦海、心版上。

那對我真是驚嚇的一刻，她的反應出乎往常，我懷疑這是一種受傷的症狀，不禁愧疚起來。此後我竟失去了她。

「那是爸爸的車子！」一直看著窗外的小男孩，此刻忽然興奮地叫起來。

「爸爸在高雄啦！那是跟爸爸一樣的車子。」她拍拍小孩的頭。

小孩從窗前轉過頭，看到我，又露出敵視的表情。

「媽媽我要回去！要回去！」小孩叫著。

我突然厭惡起這樣的會面，玻璃茶壺裡的水已不再滾燒，外面的天氣看來也要轉陰了，大半的天空飄著烏雲。我兀自呆楞了一會後，發覺她的眼眶裡有幾滴淚水。

當年，我們的交往，也幾乎都是在淚水中度過。每當那個時候，我必然會抱著她，擦掉眼淚。現在，我完全繳械，不知所措。

我心痛地帶著他們離開茶藝館。一出門，小孩執拗的站在路邊叫計程車，並且拉著他的媽媽坐上去，完全不理會我的存在。

「跟伯伯說再見！」做媽媽的這樣要求他。

「不要！」小孩坐在車內，好似找到防衛的武器一般，大聲拒絕。

我聽到「啪」的一聲耳光在車廂內響起，接著傳來她淒厲的聲音，分不清是吼叫，還是哭泣：「他、是、你、爸、爸、呀……」

車子開走了，一秒鐘也不多停留，我木雞般呆立在凡囂的街市，我知道我聽到了什麼，但聲音竟那麼飄渺，飄渺得那麼不實際……。

雨絲開始飄落倉皇的人間。

金發的凸床

坐在單人的木板床邊，約莫也有半個上午的時光了，小小的屋子裡，似乎沒有可以走動的地方。

金發無聊的左右晃動著上身，讓木板承受不住地發出嘰嘰嘎嘎的聲音，隨著這種聲音，寂寞時的金發才感覺到寬心許多，而繼續規則地晃動著身子，已經成為習慣了。

思考中的金發，黝黑的臉色才有一絲光線。

這次，阿嬸回來的時候，無論如何還是說出來吧？

金發不自主地摸摸腰下的褲襠，微冷的手探觸到一種永恆的溫暖，似已沒有疼痛的感覺了。

阿嬸的小孩都上學去了，在市場販魚的阿嬸，現在也該是回來的時候。滿身魚腥味的阿嬸，時常用她濕皺的手倒抓起一條魚，對他說：

「可惜，你不能吃這種臭腥魚。」

阿嬸的好意，金發時常會覺得好像是一種諷刺，不過他不會在意，這是愛開玩笑的阿嬸表達關心的方法，金發從小就混熟了。

金發停止晃蕩的身子，門被推開了，阿嬸手上又抱著一塑膠袋的魚，腥水滴了幾滴在地上，阿嬸熟練的用腳去擦了一個來回。

「肚子會餓嗎？」

金發平常就不愛開口，只點點頭嗯了一聲。

「我趕緊來煮。」

阿嬸手上又抓起一條依然透射著藍色鱗光的魚：

「下午就煮這尾吧，你——想不想吃。」

揉揉鼻孔裡的魚腥味，金發覺得這是個好機會，終於開口了：

「阿嬸，就煮一次給我吃啦！」

「什麼？」

阿嬸遲疑了一下：

「別開阿嬸的玩笑了，你又不是不知道你阿母怎麼吩咐的，這種魚都很臭腥，你還不能吃！」

「可是——」

金發摸摸褲襠，那種溫熱使他感覺強壯許多。

「阿嬸，我想……搬回家去住呢。」

金發不名譽的事情，很快的在菜園內傳了開來。

這是金發最不願見到的事，可是，它就這樣來臨了。

菜園內不過住著十幾戶人家，在母親口沒遮攔的老毛病底下，只一個上午的時間，統統都知道了。

自從金發的父親摔死在菜園邊的大水溝內，母親就有輕微的失常，變得很多疑，很愛亂講話，特別是家裡大大小小的事，都會一五一十地搬出去見人。

剛剛嫁過來的嫂嫂，自那時起就跟母親合不來。

母親時常在外面說嫂嫂的壞話，連金發的哥哥也遭了殃，金發在母親的這種病態心理底下，倒成為母親口中的乖兒子了。

金發確實很乖，一天裡也很難跟別人說上幾句話，小時候，父親常嫌他是個白癡，長大了以後，情形稍微好些。不過，這次出了事情，母親還不知道為她的兒子藏羞，反而到處去散播這件天大的事，使金發越來越痛恨母親所做的許多無心之過。

不過，這件事情，還是金發的哥哥首先發現的。

金發蹲在廁所裡，剛要起來拉褲子的時候，哥哥推開了沒有扣上木栓的門，金發想要掩飾也來不及了。

忍了好多天的苦痛，現在，終於在哥哥的面前，毫不設防地被發現了。

「原來……」

哥哥瞪大了眼睛，他不能相信眼前的事實。

畏懼和不知所措，使金發失魂似地呆立在那兒。

因激動而縮薄了的金發的嘴唇，發出結巴的聲音：

「我……我不知道，為什麼會，會這樣……」

金發說謊的意識逐漸加強，可是，比他大了十歲的哥哥，顯然是不好欺騙的。

「別騙我，這種病我還不知道嗎？你說，你告訴我，你去了那種地方是不是？」

喝過酒的哥哥的眼睛，讓金發整個晚上像受驚了的小孩，接受全家人的審判。

哥哥的眼光，讓他無可遁逃，哥哥有魁梧的身體和父親的威嚴，這是他最懼怕的，所以金發完整地招了供。

當然，招供以後的金發，確實也存有某些快感。

事情既然暴露了，哥哥總要替他解決問題，而使多日來悶在心裡的不安和苦痛，在這個風暴以後獲得減輕。

嫂嫂較為冷靜的態度，是他預料中的事。嫂嫂只關心她的丈夫和小孩，對於金發的事，通常是不太愛去理會的。嫂嫂為他煮三餐和洗衣服的工作，已足夠使金發感到滿足和恩惠。而實際上，金發從小就養成了不願對別人乞求太多的性情，尤其母親和嫂嫂的不合，讓金發覺得有些愧疚和疏遠他們。

金發心裡只期望母親別再把事情擴大到別人家裡去，可是，母親似乎不能體會兒子的處境，第二天上午，整個菜園內的人，都知道了金發這件不光彩的事蹟。

金發的花柳病，在哥哥的帶領下，去看了醫生，隔幾天，阿嬸來家裡帶走了他。甚至連辭掉金發鐵工廠裡的工作也是哥哥的意思。哥哥要他到阿嬸的家裡迴避菜園內的鄰居，順便休養身體。

阿火比金發大了五歲，當兵回來以後，還是在這家鐵工廠裡做黑手，金發喜歡跟他在一起玩，因為阿火的身上，總有說不完的人生閱歷，可以讓金發聽得目瞪口呆。

大家都稱呼阿火為「漂泊的黑手工」，金發正好在青春的模仿期，對阿火瀟灑的個性，幾乎是死心塌地的崇拜著。

今天晚上，是金發最興奮的一天，因為他將要親身嘗試一下阿火口中常說的「凸床」的滋味。

阿火說，凸床是外國人睡覺的玩意，最近幾年，我們也漸漸跟人流行起來，據說睡在上面的感覺既柔軟又爽快，好像躺在雲裡漫遊仙境一樣，這是金發睡了二十年的木板床所無法想像的樂趣。

金發雖然偶爾聽過「凸床」這句話，可是卻從來沒親眼看到它的模樣，即使在夢裡，也無法想像出「像雲一樣的床」究竟是什麼樣子。

金發對凸床的興趣，隨著阿火隨口提到的次數而與日俱增。今天，阿火終於要帶他去嘗試一下睡凸床的滋味，這是金發這輩子最感新奇的事情，當然很興奮。

金發隨著阿火來到一間新開的旅社。

阿火說：「除了有錢人的家，只有這種新開的旅社才有凸床。」

金發充滿信心地跟著阿火走進裡面。

「少年仔，要休息嗎？」櫃台的女人問。

「嗯，休息，要兩間。」老練的阿火說。

女人拿出了鑰匙，金發看見一隻浮腫的手腕，在阿火的胸前摸了一把，兩片塗著紅紅胭脂的嘴唇，湊在阿火的耳邊說了一些話，阿火不斷的點頭，兩人笑了起來。

金發有點了解這個女人的工作，但是要把他想像中的美麗的凸床和這個年紀不小的胖女人牽扯在一塊，心裡委實有些不甘願，好在，只一下的時間，金發已經跟著阿火上了樓。

「為什麼要兩間房呢？」金發問阿火。

「傻瓜！」

阿火笑了起來。

「凸床不大，我們兩個人擠在一起，怎麼會爽快？」

阿火笑了笑。

「而且，等一下會有可愛的姑娘來陪你……」

「真的要叫小姐嗎？」

「沒有姑娘陪，睡凸床還有啥意思？你這大錘——」

阿火戲謔地走開。

金發的房門被打開了。小小的房間裡，金發的眼神突然地發亮起來。一切的東西都那麼美好，都是金發所沒有享受過的，潔白的牆壁，暈紅的燈罩，整齊的凸椅，巨大的化妝鏡，還有，金發的凸床，正靜靜等在靠窗的下沿。

金發幾乎是停止了呼吸，粉紅的凸床，靜靜地等在那裡，顯耀出溫馴而優美的光彩，床罩的下襬正溫柔而體貼地垂倒在地上，多麼好的弧度啊。金發感覺到一股從未有過的暖流，自他的腳底緩緩上升。

在燈光的照射之下，凸床的粉紅光澤，透露著無比安詳與和藹的氣氛，金發忍不住地撫摸著那柔細絲質的床的表面，整個人都跌進了柔軟軟的漩渦裡去了。

「這是我美麗溫馨的夢的故鄉嗎？」

金發的心中出現著這種未知分明的奇異的呼喚，興奮地在床上滾動起來，那柔軟的漩渦和細質的觸覺，使他伊伊唔唔的發出了斷續的呻吟，金發的心此刻應是充滿讚美，可是，卻不知何時，淚水已湧向眼眶。

金發完全忘記了家裡的木板床，忘記了母親，忘記了哥哥，忘記了嫂嫂，忘記了自己家裡的一切，他也許再也不會願意回去了，他需要這裡，需要在像雲一樣，自由飄浮、無牽無掛的地方，他越走越遠，越遠越寬闊……。在那寬闊的世界，不知何時，伸來一隻柔軟的手，輕輕地撈起了他，輕輕地愛撫著他，他感到一種莫名的溫暖，自腰下的褲襠，迅快地向全身擴散，他緊緊的抓著像凸床一樣柔軟的那隻手，是絕不能掉落的啊，寬闊的雲泥，我來了，我的故鄉，我不曾謀面的故鄉，我正亟力地向你衝刺，向你飛來……

金發從阿嬸家搬回來的這天黃昏，滿天掛起通紅的晚霞，那真是一個難得的美麗景致，可是，母親卻說：

「也許風雨就要來了吧？」

哥哥的臉色也喝了個通紅，像極了當年的父親。
在飯桌上，哥哥拉著金發談了起來。
「平常，很少跟你談過話，但是，這次的事——」
哥哥望著金發，金發仔細的聽著。
「這次的事，使我想到，你已經長大了——」
哥哥喝了一口酒。
「男人長大了，自然會想女人——」
這是金發從沒想過的事。
「如果你需要女人——」
是那隻浮腫的手腕嗎？
「阿嬸家對面的那個美珠——」
兩片塗著紅紅胭脂的嘴唇。
「雖然不是理想的姑娘——」
柔軟軟的漩渦。

「但我們只能配得上她——」

越走越遠，越遠越寬闊……

「明天請阿嬸去給我們提親——」

一隻柔軟的手撈起了他……

「結婚以後，也許會給家裡一點幫助——」

粉紅的凸床，靜靜地等在那裡，顯耀出溫馴而優美的光彩……

「家裡的情形，你也是知道的——」

金發黝黑的臉色升起一絲光線，不知何時，淚水已湧向眼眶。

「阿兄——」

因激動而縮薄了的金發的嘴唇，發出結巴的聲音：

「那凸床……真……水！」

嫂嫂刻薄的笑聲一絲不漏的傳到金發耳朵裡面。

金發當然沒有因為結婚而獲得一頂凸床。

結婚的那天，果真下起雨來了。

母親幾天前就到處傳說金發的喜事，可是今天來呷喜酒的客人，卻來得很少。

阿嬸做這個媒人可真輕鬆，美珠一下子就嫁進來了。

經過刻意妝扮過的新娘仔美珠，在卸了妝以後，一股子勁地躺在木床上，一動也不動的趴著，好像非常疲累，而顯出拙劣懶散的姿態。

阿火的聲音又在金發耳畔響起：

「金發，你這個查某，我見過。」

呷喜酒時，阿火神秘地在他耳邊說了一句話。

「我敢發誓，以前我在旅社裡跟她睏過，這裡有很多人也都這麼說。」

金發摸摸腰下的褲襠，推了一下躺在身邊的美珠。

「什麼代誌啦？」美珠睜開那雙魚仔目。

「你有沒有睏過凸床？」

美珠眼裡閃過一絲光線：

「嗯，有啦，睏過好幾遍，凸床真爽呢！」

美珠輕快地伸出一隻塗滿紅色指甲油的手，像是一隻要飛出去的鳥，半途中，卻往金發的頸間落下。

金發不自覺地用手擋開了她。

第二天早上，金發悄然地離家出走了，而且，菜園內的任何人，也一直沒有看見他回來過。

葉落小徑

那條小徑常常落滿了一排樹葉，在這種季節，葉落的聲音任誰都是很熟悉的，我每次沿路踢過去，踩著沙沙的葉瓣，有時不禁會想起：這是它的哭聲嗎？

小時候愛哭的情緒，是很難忘懷的，你不曉得我們的心為何時時刻刻都充滿了淚水，一到時候，便禁不住的洩漏出來，就像這條小徑一樣，一到這種季節，便禁不住落滿了一地子葉。

然而，你確是不會再曉得了，因為你再也聽不到那些落葉的聲音，再也看不到伊為你流淚的臉頰了！

小徑的旁邊，是一整排的樹，我分不清它們是鳳凰木或尤加利或是什麼，但落葉的聲音總是一致的，倒是那一大坪青翠的高麗草，我們已滾過幾百遍了，即使在清晨，那些霧水經常也點濕了我們的身子。晚上，我們也曾扶你出來過，讓那些整齊高大的水銀燈，很有秩序地照著三個影子——

最高的是我。

中間的是你。

較小的是伊。

這醫院的道路，也並不讓人覺得肅靜得窒息，在你的病中，也許是誰也不願提起那隱藏在內心深處的憂慮吧。伊消瘦了很多，而我的心是沉痛的，也許你也明瞭，我們必須裝作很愜意的過日子，尤其伊和我最清楚，你不會再有多少日子好過了。

「有人說月光像一條河，其實他還沒看過瀑布吧，那才算是一條河的樣子。看那月亮，還沒有一盞水銀燈的光亮呢。」

「也許，月亮離我們太遠，而水銀燈又離我們太近了，我們來數數看，一盞、兩盞、三盞……」

你曾經毫無理由地反覆說著這類無聊的話，或許是對生命的感慨吧。而伊一直看著你拍著胸脯的手和凝視著燈光的眼睛，卻突然顫抖起來：「我很害怕。」

伊靠近我耳朵的聲音像受驚的小孩，我輕輕推開伊：

「那是沒什麼不同的，不管月亮還是燈，都不會自己發光，你別嚇著了伊。」

「是嗎？」你莫名的笑笑，突然又認真起來：「妳說，我死後，妳還會像現在一樣，每天送一朵鮮花到我的墳上去嗎？」

含有愧疚而感到驚懼的伊，軟弱的看著地上的落葉。

「你不會的。」伊只能說安慰的話。

「是不會的，我也喜歡這麼想，但我不是怕死，不必安慰我吧，我只因為妳才擔心，深怕妳以後會忘掉我，甚至……愛上別人。」

那是真話，我從你的眼神中看見痛苦。

但伊不會回答，剛剛伊就緊緊靠著我，也不僅止是剛剛。

「她不是壞女孩。」我為伊分辯。

「當然不是，即使她是，也沒什麼不應該的吧？我之擔心，其實是我個人的自私，尤其愛情。」

你的聲音愈來愈低：「你是知道的，我深愛伊，你知道的……。」

你的深情曾經使我感到不安，可是我也為了伊也愛我而發怒，我幾乎是吼著對你說：

「你不能約束她！不但不能，而且也沒有權利！」

話說出口以後，我才懊悔自己的衝動，但剎那間，我已看見，落葉，像寒霜般的，一片又一片，從你的臉上，輕輕，輕輕的飄過，我彷彿聽見你幽幽的哭聲，隱隱約約夾在飄飛的落葉裡，漸漸傳向一個遙遠的、不可知的地方……。好久，你才緩緩嘆了一口氣：

「不錯，我的痛苦就在這裡。」

伊不講話，我卻看到伊的眼睛，掛著兩顆閃亮的淚珠。

月光落在小徑上。

燈光落在小徑上。

小徑上的落葉，第二天早上總要被掃除的。

我看過那清道夫，在月光燈光未落的清晨，便已扛著掃帚，從小徑的這頭，消失在連接著那一頭的長形走廊裡。而我常常就在小徑上拾起幾片剛落的樹葉，趁著青翠，帶去看你。

我將落葉擺在你的桌上，偶爾也擺成一朵花的圖案——我不能送去鮮花，那是伊要做的事，而落葉對我卻有無限的象徵。我時常從你的窗口，望著外面的落葉，禁不住一陣微風，就在地上頑皮地翻飛著。所有一切的事，我多麼希望，像落在小徑上的樹葉，在第二天即被掃去，如果你回復到像清道夫那樣強壯的生命，伊回到你的身邊，而我，回復到我從前心靈上的自由，一切，不都很圓滿了嗎？

葉落在小徑上。

即使月光已隱，燈光已熄，落葉仍然毫無間歇地飄著、落著。

最後一次踩過這條滿地落葉的小徑，它沙沙的聲音，像極了一首無名的悲歌，在這飄葉滿天飛的季節，零零落落的傳來你撒手歸去，伊不忍哭出的聲音。

伊是哭過的，哭得很傷心，你聽不到，也看不到，而我，像一瓣突然被陣風吹離了樹枝的葉子，不忍流出的淚，一滴一滴的，落在我心底。你再也無法曉得，因著你緘默的死去，就註定我和伊必須分手。我們都不能忍受，你離去前那恍如與世無爭，而暗地裡又圓滿地原諒了我們似的，最後的一瞥。

落葉，仍然在小徑上頑皮的飄飛著，我從亂飄的落葉中走出來，落葉卻沾滿我身。我順手撿起一片落葉，放在我的耳邊諦聽，當一陣風吹過，我聽見它沙沙的哭聲，彷彿來自某一個遙遠的，不可知的地方，漸漸的向我傳來。

「死是純潔的，」之後，伊在臨分手前，只這樣對我說過一句話：「我很難過。」

邊緣

我走的時候，陽光在我後面，把前面的我的影子拉得好長好長。如果是你，你會說：「看我多麼瘦，瘦得多麼失意的樣子。」

真的，我一直都不敢告訴你，我來時，你從窗內探出來的頭，就像一蓬散亂的草叢。我進去的時候，你幾乎是一股子勁把我抱住。

「畫展失敗了，完了，我還有什麼？」

「這種鬼地方，我居然還開起畫展……！」

「我得離開這裡到遠遠的地方，我要回去都市，那裡才是我的地方。」

我還記得你激烈的聲音、僵直的眼采。說你像一蓬散亂的草叢，不如說你像一頭獸，那使我嚇了一大跳。我一點也說不上話來，彷彿說這話的人並不是你，而應該是另一個我不認識的別人。

你的才華在朋友群中是得天獨厚的，寫詩、作畫，甚至跳舞，樣樣精通，特別是你一口流利的英語，曾博得一位外國使節的友誼。朋友們對你的企望，比對他們自己還要來得熱烈一些。

你從南部的大城市負笈遠來台北，一開始就在學校發揮了受人矚目的才華，因而也獲得我們那位校花公主的垂青，這件事不知羨煞了多少人。

那時你的抱負也許還是遠大的，你不願在大都市裡跟別人擠在一堆，爭名奪利，你說，好比錦上添花，不如雪中送炭，寧願是暗夜中的一把火燭，也不願是滿街銀亮中的一盞燈，所以你畢業後申請來鄉下教書，你要在這裡扎根、奮鬥，培植下一代。

這一切都是你自己的意思，何況誰也不會反對你的想法。大家認為你是有魄力的，在工作與愛情之間，你似乎只是猶豫了一會，然後選擇了前者，放棄了後者，這也是大家所望塵莫及的。你放棄了那一位美麗的校花公主，簡直就是要把我們幾個好朋友的心都揪到嘴巴這邊來，痛了好久，就只有你一個人，一副勇士慷慨赴義的樣子。

大凡美麗的女子是離不開都市的，我們或許可以不太原諒你，卻可以輕易地原諒她。但你說，你能理智地放棄她，對彼此都有好處，你以為，你還會有一段苦日子要過，而你無法眼睜睜看著一個你心愛的女人跟著你受苦。

現在，我來看你，卻發現了一個激動又懦弱的人。想你當初是何等的豪言，如今就只為了一點點不如意，就讓你的志氣消滅了大半，而讓得失心完全左右了你。

「你不應該是這樣，你的自信心竟然是那麼的薄弱！」

「你不要旁敲側擊地想激將我，這不是信心與否的問題，我了解自己，我並不想做一名逃兵，我面對現實，所以坦然承認我失敗了，我輸了。」

「我不知道你輸給誰了。」

「很明顯了不是嗎？我輸給自己，輸給這鄉子裡的人，也輸給她。」

「你真是一個輸不起的人。」

「你還以為你能輸得起？事實上誰能輸得起呢？我知道你念哲學的一定可以有一個很好的解釋，可是我不想聽，你那臭酸了的理論，完全跟王尚義（註）一個模子，但王尚義還不是終此頹廢一生？哲學充其量只是一塊玻璃，而不是一面鏡子，是一面鏡子，而不是鏡中人的影像。我當然知道哲學是可用來安慰的，但那有什麼用呢？它不能動，不能摸，不能和我成為一體，共同生活，共同創造。我倒要反過來說你，你才是懦弱的！」

你真的激動得像一頭野獸，劈哩啪啦地把事情無限上綱，而且幾乎要吵起來，可是當你激動的時候，你的語言刻薄得可以傷害對方，我是摸清了你的脾性，雖然我不生氣，但我感到你那時簡直幼稚到不可理喻。這也讓我知曉，在此之前，我竟沒有發覺你的死角——缺乏冷靜，也許這便是你唯一的缺點。

就拿這次事件來說，由於你的不夠冷靜，我認為你是輸得更多了，如果你能把握住開畫展時純粹的動機，以及你一向對藝術生命所追求的純粹的體認，你便不輸，若有輸贏，輸的應該是這鄉子裡的人，而不會是你，他們不看畫展，或許有他們的想法，也許他們並不需要，但若說到有得有失，失的一定是他們啊！怎麼會是你呢？你已經照你堅定的信念和理想去做，你已是贏家，不但贏了他們，相對的也贏了她。

如果你的畫展成功了，同時你也感到自豪，那時你已被這種得失的心情所左右，那麼輸的反而是你，你並不成功，因為你敗在這種患得患失的心情底下，你在意的是別人對你的觀感，不是藝術本身，一個真正的藝術家，關心的是自己的作品，所以為什麼說「藝術家總是寂寞的」？道理很清楚，不能拋開市場觀念的束縛，是藝術工作者的致命傷，能逃得過這個致命傷，甚至超越的，才是大器！

「但你要我怎樣呢？我已拿不準我的路子。你說的也許是對的，我很激動，但我不知道，繼續在這裡待下去有什麼用？回去台北也許更能實現我的理想。」

「誰知道？」真的！誰知道呢，若要肯定你當初下鄉教書的初衷，你應該留在這裡，繼續奮鬥，或許會真有所獲的一天，但誰也不能排除，或許在台北你的機會更多，你的才華也不致埋沒。我真的害怕，以你現在的狀況，鄉下會把你的志氣、才氣磨耗殆盡。

這是一個大大的難題。你在狐疑思索之中，而我如身陷其境，理想與現實在腦裡殺得難分難解。

陽光依然高照，這上午，我乾乾淨淨的來，而下午帶了一頭霧水回去，我甚至質疑，對我來說，我是贏了，還是輸了？

我站在路邊等車，迫不及待地打開你送我的那張題為「邊緣」的抽象畫，這雖然是一張賣不出去的畫，但在我而言是無價的。

畫紙的背面，你當著我的面前寫的幾行字：「好朋友，你幾乎和我吵了一架，你好像贏了我，但我知道你和我一樣，也落在理想與現實的邊緣，不同的是我承認現實，你企圖使用哲學解脫，我們都在承受不同的悲哀。」

我的眼光開始渙散，那是迷惘的神色。

【註】王尚義（一九三六至一九六三），喜歡哲學卻唸了台大醫學系，畢業典禮之後，成了台大醫院的病人，肝癌逝世，得年二十七歲。死後親友為他整理並且出版了四十萬字的著作《野鴿子的黃昏》、《野百合花》、《荒野流泉》、《落霞與孤鶩》等，他以「悲觀、灰色、異端」的作品震撼當時年輕一代的心靈，是存在主義風行的七〇年代「失落」、「無根」的一代之代表人物。

他說：「生活是無休止的翻騰與折磨，活到今天才覺得生命是累贅，是負擔，是個奇怪的夢，在生與死之間打轉，在期待與幻滅間輪迴周旋；可憐我們這一代的年輕人，畏縮在現實與理想的夾縫裡，沉悶著，陶醉著，殘喘著。」

素秋

「這樣的雨，似乎也該停了。」

素秋站在窗戶邊，望著玻璃上直往下落的水滴。一條條不規則的線，爬滿了窗格子，她從玻璃上隱約望見自己的臉，下意識的伸手擦了一擦。

「這樣的雨，下午就應該要停的。」

素秋的心裡不怎麼平靜，即便偶爾閃過一些念頭，也不知道究竟代表了什麼意義，在寬大而寂靜的客廳裡，木然之中，彷彿隱藏了某種期待。

「叮……」電話鈴響了，聲音在客廳靜止的空氣中急促地盪了開來，她緩緩的舒了一口氣，右手不斷的撫弄她那頭烏亮的長髮，左手拿起話筒。

「喂，素秋……」電話裡傳來美齡的聲音：「妳老公上午果然又接了那個女人的電話，素秋，今天是週末，看情形他們的約會是在下午，錯不了的。素秋，狠心點吧……」

素秋把頭髮撫弄了好幾個來回。

「喂，素秋，妳到底聽了沒有嘛，這個情報還是我花了不少心血得來的，這一次，妳該好好跟他談談，不過我不希望發生什麼更糟的事，素秋，妳懂我的意思吧？」

「我懂，美齡，謝謝妳。」

素秋掛上了電話，她知道，美齡的情報錯不了。

結婚才半年，老實的勝雄，怎麼就玩起花樣來了呢？不該相信的事，卻又不得不相信，她感到無法應付，帶著紊亂的心緒，回到臥房裡，取出了梳子，一次又一次地，細心梳起她原本就很整潔亮麗的頭髮。

勝雄回來了，比往常週末回來的時間要早一些。

素秋還在不經意地玩著梳子。

勝雄不太愛講話，現在也沒有吭什麼聲。只直直地望著她，似乎有些微的吃驚和心慌。

「素秋，妳最近好像老愛玩頭髮，是吧？」

「也許吧，這些煩惱絲。」

「夏天也快到了，可以剪短一些。」

「那麼，就是短髮為君剪囉？」

勝雄簡短地笑了笑，從抽屜裡拿出一條剛買不久的新潮領帶。

「素秋，下午我得到南部出差。」

來了。她心中暗叫一聲。出差倒是個好藉口，可是他實在不該忘記，美齡可以隨時探出他的行蹤，他的工作，就是美齡給他找來的啊。

「又要出差嗎？」

「嗯。」勝雄背過臉去，熟練地對著鏡子打起那條新款的領帶，裝作若無其事的樣子：「下了幾天的雨，氣象報告說午後會出太陽。」

聲音還是那麼柔和。她在背後出神地望著，一句話也沒答腔。勝雄轉過身子，扶著她的肩膀，輕聲的說：

「不要擔心，我明天就回來。」

她吸了一口氣，緩緩伸手擋開了丈夫結實的手腕：「晚上在哪裡過夜呢？」

「當然就在南部的某個地方過夜啦，公司會有安排。」

「一定要明天才回來？」

「嗯，不過我會盡快回到妳身邊。」

她一眼就看出勝雄心虛的表情，突然顯現出堅硬的口吻：「那麼，你就去好了！」

她覺得勝雄應該嚇了一跳才對，也應該了解她的脾氣，她高興的時候絕不用這樣的口氣。

勝雄似乎沒有時間來了解她的心情，裝作沒有意會過來的樣子，拿著整理好的東西轉頭望著她。

「那我就走了，素秋，我一定盡快回來，好嗎？公司出差的事，是不能耽誤的。」

說完在她的頰上吻了兩下。

她撫著臉頰，望著勝雄跨出門，走了，強忍不住的眼淚，滴落了下來。素秋的臉上只滴過一顆眼淚。她傷心，她氣憤，但是，她很快地用頭髮抹去了，而且沒讓丈夫看到。

勝雄出門以後，她沒有留在家裡，她一聲不響地跟在丈夫的後面。

天氣真的放晴了，她心裡曾經有過一段陰霾的日子。但是無論如何，今天是不能放過勝雄了，她必須把心裡的陰霾處理掉。

勝雄說要去南部出差，鬼咧，她咒罵了一聲。她早就料準他出門以後，絕不會去車站，也不會往機場。她知道，在這廣闊的都市裡和她以外的女人幽會，場所多得是，根本用不著到那麼遙遠。

她暗隨在丈夫後面，走過寬大熱鬧的街道，也繞過好幾條不知名的小巷，她心裡燃燒著愈走愈熾的怒火，已到按捺不住的時侯，這一回，無論如何，必須讓他完全屈服。

勝雄是個鄉下漢，除了英俊魁梧的外型，也具備了都市人的文化氣質，雖然只有高中畢業，言行之間，卻有不俗的才華。她自己大學畢業，嫁給他的唯一條件是：新房必須搬來台北。

因此，中風而半身癱瘓的婆婆、教育程度不高的小姑，只好留鄉下了。

她知道自己不能忍受整天侍候那邋邋遢遢的婆婆，固執地要勝雄遷來台北，是她唯一的不是，他抱怨可以，總不能就這樣對她不忠吧？她千方百計的拜託美齡為他介紹的這份工作，身分體面，收入又高，他應該能看出她的心意，她一直在盡心盡力地，想把他造就成一流的都市人，而他就是這樣回報她的嗎？

她越想越氣。不知不覺間，隨著勝雄的背影，漸漸的把步伐拉緩下來了。

這是一個違章建築區，這種簡陋的住所，最不為人注意，倒是金屋藏嬌的好地方，她心裡一陣波動，勝雄確實聰明得叫她心寒！

一排一排低簷的房屋，七拼八湊地搭架在高低不平的土地上，可是在她的眼裡，彷彿是一幢幢令勝雄迷戀不已的豪華宮殿，她揉了揉幾日來沒有睡好的眼睛，再一次地打量了前面的景物。

老舊的紅磚屋裡，遠遠傳來一陣杯盤摔破的聲音，勝雄的背影，很快向傳來聲音的地方奔了進去。

是勝雄遲到了，才使那個女人發火的？一定是。

她真不敢想像，勝雄能夠忍受得下這樣的女人，卻忍受不了一向對他百般體貼的她。那麼，這個女人是夠令人著迷的了？是有著她想像不到的奇異的魅力囉？

這個謎底，只有她有權利去揭開。

她想著，雙手按住劇烈跳動的胸口，挺著一張燙辣辣的臉走向屋前，毫無考慮地一口氣衝了進去……

那個——啊，她終於看到那個女人，不，那個邋邋遢遢的老太婆，現在正辛苦地趴跪在地上，撿拾著滿地稀爛的飯菜，身旁凌亂地陳列著摔落一地的碗盤碎片。

勝雄突然發覺她撞進門去，慌張地張開了錯愕的嘴巴，發出嗡嗡的聲音：

「素秋……，阿母，因為思念我們才搬來的，因為妳不喜歡，所以……」

素秋的臉色逐漸轉白，有點頂不住的身子晃了一晃。

婆婆的眼神逐漸抬高，不住地向素秋點頭，而勝雄的嘴唇突然脹大了起來。

「妹妹早上打來電話，說她今天要加夜班，我……」

丈夫的話，素秋似乎不想聽進去，因為婆婆的口中不斷發出「餓」、「餓」的聲音，一雙枯瘦的手想要拾起地上的飯粒，卻在空中痙攣似地揮了幾下，不由自主的胸口又狼狽地碰倒在地上……

素秋彷彿聽到了一種聲音，那種聲音雖然很遙遠，可是，卻是自己每天都可以接觸到的，熟悉而又充滿期待的聲音：

「讓勝雄成為一流的都市人吧！」

「讓勝雄成為一流的都市人吧！」

素秋以撫弄頭髮時溫吞的手勢，慢慢把耳朵掩蓋起來……

素秋反身逃出門口的時候，一陣昏眩擊倒了她。

她以為這是黑暗的夜晚，卻不知那春的陽光，已然灑滿了她撲倒在地面的那頭亮麗的黑髮。

把克麗絲汀帶回來

早晨的天空，還沒有出現一絲曙色，霧便聚攏來了。

有霧的早晨，清和開車在往台北的高速公路上，通常是吹著清醒的口哨，手握著方向盤，一路踢踢踏踏的踩著油門，飛向台北的公司。

在上班的路途上，只要有霧，車窗上便時常積滿灰色卻透明的霧汁，清和無所事事地伸出右手的食指，在那上面寫著「晚晴」的名字，飛越而過的風景，彷彿銀幕上多變化的光線，從潮濕的字體中向後急速地拍攝著，啊，這美好的早晨。

可是，今天的路途卻竟是那麼漫長，清和呆滯地坐在駕駛座上，含有牽掛而失神的眼睛，也許早已遺忘了過去的早晨，那煙漫的霧色，好似一塊不會流動的笨重的布景，一點一滴地聚集著許多揮不去的灰。

等在家裡的晚晴，此刻或許正在客廳的落地窗前，隔著一層霧色向他眺望著吧？清和隱約還能聽見晚晴柔弱的叫喚：

「帶克麗絲汀回來，帶克麗絲汀回來。」

清和的左手不安地來回揉搓著臉的下頦，身邊呼嘯而過的車輛，在這寬大而筆直的路上，彷彿發出了戰場上那種激烈的聲音，清和陡然感到一陣寒冷，這樣的早晨，在上班的路上，卻像是害了病似的，感到淒涼呢。

柔弱的晚晴，在家裡必然也感覺到冷吧，也許自己會加件衣服，也許不會，患病以後的晚晴，早已顯得脆弱而失去生氣了。早晨起床時，只看見她單薄地穿著昨夜的睡衣，衣襬底下露出兩隻肌肉萎縮的腿，也慢慢的在失去年輕女性應有的光澤了。

「帶克麗絲汀回來，清和，帶克麗絲汀回來，那好漂亮的絲襪。」

清和的耳邊又響起晚晴的話語。

因充滿著夢一樣的期待而突然顯出某種生命的熱力的晚晴，對於那天小琪穿到家裡來的一雙高級絲襪，表現了好久未曾有過的著迷，早已失去美麗與青春的心，卻由於小琪那雙誘惑的腿，使晚晴又復活了。

「在克麗絲汀買的。」小琪說。

清和確實不知道Christine Dior是否有生產這種絲襪，但已經著了迷的晚晴，卻絕對地認定了那就是名貴的Christine Dior的絲襪。

「清和，帶回來，去克麗絲汀帶回來。」

已經好幾天了，清和並沒有去台北那家專賣Christine Dior高級品的店裡去，清和甚至連詢問的勇氣都沒有，晚晴因病而變了樣的腿兒，已不是克麗絲汀可以掩飾得住的。那真殘酷，清和心裡想，穿上克麗絲汀以後的晚晴，一定會忍受不了現實的缺陷而發狂。

可是，晚晴渴望得幾近哀求的眼神，幾天以後便使清和無端地柔軟了下來。

「今天一定帶回來，晚晴，今天一定帶克麗絲汀回來。」

車子已快接近高速公路往台北的尾端，所有的人都在趕著上班了，這有霧的早晨，到處還是充滿忙碌的氣息，一部接一部的車子，在霧裡依然輕快地飛行著。

清和咬緊了牙，今天上午，是最後一次上班了，已經宣布倒閉的公司，今天上午，清和必須要把滿身的債務理清，也許還會剩下一點錢，那麼一定把克麗絲汀帶回來，一定。

陽光漸漸的滲進了濃得灰的霧裡來了，清和揉著昨夜裡沒有睡好的眼睛，多麼希望舒服地打一個呵欠。這是晚晴不知道的，丈夫已經睏倦得好久沒有睡好了，而晚晴的心裡，仍然鮮豔地活著克麗絲汀的美。

無論如何，今天一定要把克麗絲汀帶回來，心裡想著的清和，伸手在前視窗的霧汁裡抹出了一道新痕，卻猛然發現眼前兩顆高大的卡車尾燈，正向他閃著吃人的光芒，清和驚急地向右打個轉，車子卻往道路右側的鐵護欄瘋狂地衝了過去，他只感到一陣劇痛的震盪，世界便瞬間成為黑暗。有人聽到半空裡拋來一句淒厲的風聲：

「把克麗絲汀帶回來，把克麗絲汀帶回來……！」

柳丁與我

到阿菊家去相親的那天晚上，我顯得多麼的拘謹與呆板。

紮著兩條短短小辮子的阿菊，整潔的耳鬢和笑靨一直受到我深深的思慕，在準備去相親的那天，我刻意的打扮得無微不至，內心裡充滿了甘美歡喜的淚。

阿菊端上來那盤水果的時候，那鼓鼓地裹在襯衫裡優美的胸脯以及淺淺的笑意，又讓我傾倒，我幾乎是手忙腳亂的去吃了那些柳丁。

阿菊的母親一直喊著我吃啊吃啊，自己家裡種的柳丁真甜。

切開的柳丁裡面飽露著澄黃的汁液，像珍珠一樣地滴滿了盤子，我裝作喜愛乾淨地伸手去擦拭，阿菊便趕著去拿了一條毛巾。

「吃柳丁恐怕要擦擦手的吧。」一母親補充說。

我發覺我卻變得不敢面對阿菊落落大方的眼珠了，領著我來的母親吩咐我要注意禮數，阿菊的家可算是有門面的大戶啊。

可是，我又忍不住地偷看了吃起柳丁的阿菊，兩片豐實而具有稜線的唇均匀地鼓動著，我情不自禁的抓起柳丁片。

阿菊家的柳丁確實好吃，可是吃了以後，我才發覺我搞了一團糟。他們吃完的柳丁皮都是乾乾淨淨地不帶一點果肉，我卻吃出了一桌子亂七八糟的果皮和渣，我窘愧地望著這堆不雅的柳丁渣不知該如何處理的時候，阿菊卻笑了起來：

「哎呀，你這麼樣吃柳丁的啊？」

阿菊用她白裡透紅的手掌從桌上刮去了我那些柳丁渣，我立刻站了起來：「真失禮，阿菊，我自己來吧。」

可是，那些帶著我的唾液的柳丁渣，都從我手中濺落在阿菊好看的裙上，掉散了一地。

天曉得我是多麼的在意這件事，我幾乎是發瘋似的跑了回去，我不要阿菊，我不要阿菊，我看見夢中的阿菊，用她污濕的裙子向我臉上蓋來，我掙出了一身冷汗，母親說我生病了，說我害了相思病。

有一天晚上，阿菊卻提著一簍柳丁出現在我床前。

「聽說你病了，特地來看你。」

阿菊用手費力地剝開柳丁遞給我，我推開了，她只好往自己的口裡塞，柳丁汁沾滿了她的嘴唇，偶爾也濺落在我臉上。

「我平常在家吃柳丁也是很隨便的，那天是因為相親，我媽才叫我特別注意的……」

阿菊把果渣吐在她的手掌上，我已忘記了我當時的心情，阿菊和阿菊的母親不久就離開我家了，她們從我臥室的窗前走過。

「我完全按照媽的意思去做了……」阿菊的聲音。

「嗯，那就好，這囝仔彆扭得很，就讓他寬點心吧……我們明天再找別人給妳相親。」

阿菊母親漸遠漸弱的聲音穿插著阿菊斷續的笑聲，使我噴出了一口的酸水，阿菊，阿菊，我心好痛……天好黑啊……。

遺照

遠遠地就聽見鑼鼓八音的陣頭，領著一隊行列正要通過這裡，原吉恰好在這平交道口停下來，所以他有餘裕的心情來目送這次的葬禮。

雖然這種事兒常常可以在路上碰見，今天倒是第一次想從頭到尾把它看個清楚。

這是母親病了以後要做的第一件事。

母親告訴他：「原吉呀！都二十幾歲啦，我死了，你要懂得替我辦後事才行，有空到阿春伯那邊兒幫幫手，好練習練習的呀！」

母親說完這句話，好像這件事已經牽連到什麼不幸的事，很委屈的把臉背了過去，耳頸之間的幾條皺紋，好不空虛地翻露了出來。

原吉以前並不曾去注意過母親的臉龐，他還是比較喜歡聽她說話的聲音，她緩慢的嗓音裡頭，因蒼老而夾著一絲兒口吃的習慣，聽下來滿含著哀愁的韻味，原吉認為那似乎是年老的母親最美的地方了。

葬列通過得很慢，也許送葬的人太多，他們所排成的隊伍，顯得雜亂而擁擠。或者是因為樂隊陣頭的葬曲奏得慢慢兒地，為著配合那種節拍，必須把腳步放慢下來的緣故。

因此原吉可以從容地把雙手交叉在腹前，做出一副肅穆的表情。

那些穿著陳舊西裝與廉價皮鞋的男人，阿春伯就是其中的一個，他們老練地在隊伍中間趕忙地穿梭著，好像小學生上街遊行時，走在一旁指揮隊伍的老師，偶爾因為怕別人聽不見而大聲的講話。

至於披麻衣的女人們總是低著頭走路，看不清她們的表情，也許年輕漂亮的女人不容易在這種場合發現，即使有，她們也會把臉藏得更低的吧。

只有一個年幼的小孩，手中拿著還未拆開的糖果，跟著前面的女人走，原吉被他一臉無知而有趣的表情引起了記憶上的幻覺。

死去的父親，是小時候跟著母親把他送到公墓裡去的。那時的事，已無法記憶，覺得可悲的原吉，多麼希望和這小孩一樣，再一次地跟著母親去送父親的葬，那麼這一次，他一定會記得的。

然而，「跟著母親去送葬」的這種事情，原吉感覺以後再也不會有了。對這小孩，由於母親的病老，而有了奇妙的愧疚。

「留下你自己一個人，我也是不放心的。我說原吉呀，要乖巧一點地活下去，別老是被人譏笑，阿西阿西的，阿母聽了可難過呢！」

母親說話的時候，由於牙齒全沒了的關係，總要把嘴巴兩邊鬆弛的肌肉牽動，很似兩片鼓動的魚鰓，嘴上邊的一顆黑痣，也跟著掀動著，原吉老是感覺母親哀愁而細小的聲音，就是從那痣裡發出來的。

古老的黑痣，在母親這種年紀，彷彿隱藏著不祥的什麼，原吉每次看到，眼皮就要跳一次。

而那些穿制服的，吹著喇叭或笛子的樂手，他們的兩腮也是鼓得高高的，這當兒彷彿所有世界上的聲音，都是從他們的嘴裡用力地吹了出來似的，原吉感到心頭也隨著一陣一陣砰砰地跳。

——我剛剛才到，等會還得趕回家去幫媽做事呢。唉，我說嘛，怎麼那樣不幸……

原吉總算從身邊聽到一個年輕女人的聲音了，這句話聽來，不知道究竟是在說誰的不幸，然而聽到了隊伍中這句話的原吉，他哀愁的表情立刻轉變為紅潤，感到自己好像突然成為一個多餘的人。

——原吉啊！

忽然聽到這個叫聲，是阿春伯在喚他吧，順著這叫聲，有幾個人不約而同的回頭看了他一眼，使原吉感覺自己彷彿偷窺了人家什麼秘密似的心虛，不好意思地移動身體，往回家的方向慢慢踱了過去，像要證明自己只是一個過路的行人罷了。

原吉忽然想起來，不知道這是誰的葬禮。

也許是像母親那樣的年紀，生了病才死掉的吧。

是生了什麼病呢？

也或許不是生病，聽阿春伯說：有個貧窮的女人，是在睡眠當中，不知不覺的死去，沒有一點痛苦的跡象。這話兒讓母親聽到了，她竟覺得好似得了什麼安慰似地，開懷的笑出聲音。

「這樣死有多幸福呀！」

母親把眼光投到她唯一的兒子的臉上，那樣子彷彿要藉著原吉的力量，來完成她「幸福的死去」的願望。

母親也許是明知不可能的，但事實也只容許她把那眼光投在原吉身上，否則她並沒有一點兒東西可作為體認哀愁的對象。

原吉從母親的眼光裡，可以感受出他在母親心中，實在是一種反應哀愁的物體，但是循著這眼光而來的，原吉感覺好像是母親的痛苦透過唯一的親情，完全移植到自己的肉體裡面去。他幾乎要叫出聲音！

這種難以透露的情緒，使他一直對於母親畏懼病痛與冀求死亡的不合理的心情，非常感動。

因之，給予原吉最深刻印象的，是在那輛結滿菊花的靈柩車上所見到，一張尺來大的遺照。

原吉從來對於那車身兩邊所掛，用黑字寫著：

「今之古人」

「音容宛在」

這一類的白布，覺得陰森和恐懼，幾乎不願多加推敲。

只是對於那縛著黑布條的遺照而言，他感到有一種特殊的情分，也許是照片上的「人」已經不是和他一樣活著的同種人類，而有了稀奇的感情。

這種心理，原吉有興趣把它想成各種古怪的念頭——

仍然活著的人，是「人」；已經死去的，到底該稱為「人」或不該呢？總要分別才是。

死人或許該視為怪物吧。這麼想，原吉並沒有什麼不敬的念頭，可能是，對於死亡的恐懼，而感到生命無依時，所採取的對死「只有不信任」的態度。

遺照上固執而黝黑的老婦人的面孔，她鬆弛的皺紋和肅穆的臉龐，使他聯想到生病的母親睡覺時所浮出的表情，不禁心跳了一下。

婦人生前拍這張照片的時候，到底是已經預感自己即將死亡而存心做為遺照，或是一點也沒料到這照片終會成為自己的遺照呢？

兩方面的可能都使原吉越想越傷心，又覺得人是多麼不小心呀。在他的感覺上，這遺照上面確實存留著陰暗的死亡的氣氛呀。這是怎麼回事，這人生前難道沒有這樣感覺過麼？真是可怕的陷阱，彷彿是這遺照害死了她。

原吉突然有著想跟她講話的衝動。

然而，更令他吃驚的是，這遺照上有著一顆肥厚的黑痣，對原吉來說，這是一顆不可解的神秘的痣哩。

是由於這顆痣才顯得這遺照充滿死亡的氣氛嗎？原吉認為就是這樣的，實在不可思議。

照相的時候仍然不知道自己要死掉吧。

但那顆黑痣在照片上看來是多麼接近於死亡的啊。

原吉感到寒冷。

原吉甚至感到，是因為把這顆痣拍進照片裡，才成為她死亡的原因。恍惚裡，這世界上的聲音，又是從這痣裡面發出來的！

在他的視界範圍以內，這顆黝黑的痣，突然給他造成了不可磨滅的神秘的印象。原吉的心裡竟然也透著神秘的「死亡的」恐怖。

在一列火車通過以前，葬列已完全過到另外一邊了，邊走邊想的原吉，把藥房師傅開給他的草藥，拿在手上搖呀晃的，希望藉著這種搖擺的秩序，來整理他關於要思考那送葬的一幕的情緒。

回到家裡原吉搖醒母親。

「阿母，不要睡覺了好嗎？」

母親的眼睛好像從遙遠的地方回來似的，覺得兒子今天的話是多麼親近哩。

「為什麼？」

「不要睡覺了吧，阿母。我不喜歡看您……您睡覺的樣子，好像——」

「怎麼啦，原吉，你說像什麼啦？」

「我……是害怕吧，阿母。」

「唉，阿西呀，真是。」母親不懂。

替母親買藥回來的兒子，不知該怎麼說話的原吉，伸手撫摸著母親的臉頰，即使閉著眼睛，也一直幻覺自己的手掌所爬著的，是遺照上臉部的肌肉，不禁出了一掌心的冷汗，並且一邊也接觸了母親嘴邊那顆難忘的痣——

不可捉摸的怪異的情緒，原吉像在一瞬間獲得了接應，有點激動的樣子。

「阿母，這顆痣，不要，不要好嗎？」

原吉可以感到自己這次說話的聲音，也像極了母親一樣緩慢而帶點口吃的韻味，彷彿要把所有的哀愁像母親灌輸給他的那樣，也灌輸給母親。

然而，母親無法領會他的哀愁，當然也不認為這種哀愁，也許是原吉的美吧。

「唉，真是傻孩子，阿母一直不相信別人說你阿西哪……」

母親不知怎的，忽然流下淚來，也許是感到無法了解兒子的話才傷心，或是對於兒子異常的接近而感動。

看著母親流淚，遺照的事在原吉的腦海裡昂揚起來，眼睛一緊，也陪著母親流出淚來了。

夜晚的薔薇

走過燈光的街道，只不過在夜的胸坎上，留下一息微暗的腳步。

為了甩去H・R所帶給他的憤怒與絕望，他是需要這樣放心地在高燒的體溫下，被潮濕而陰冷的道路所踐踏，需要好好地享受，以作為強烈的醉意吧？

買大型美麗的書，抽最好的洋菸，買高級的皮包，和名牌襯衫，走進最豪華的理髮廳，理一個舒舒服服的髮——

他以前根本是不敢進來的，怕豪華的背後有情色的陷阱。他甚至讓那女郎挖耳屎、修指甲。女郎的手在他臉上翻來覆去，柔嫩的接觸感，還有什麼比這個更能令他遙遠地想起那唯一的，也曾這樣接觸過的H・R的反應來呢？

「你買了什麼東西？」女郎看他走進來的時候，提著大包小包的。

「很多，裡面有一包信紙。」

「寫給愛人用的嗎？」

敏感的商業性的討好與調侃，彷彿使他感到有趣。但那只是一下子。

「妳最好專心把我的鬍鬚刮乾淨，注意別把嘴唇弄破了。我頭好痛！」

女郎在他臉上調情地拍了兩下，然後就知所收斂。他忽然想到，或許給她幾張鈔票，今晚她會是他的女人，今晚他會有一個肉體可以擁抱。不過，他也只是那麼想了一下，沒有繼續的念頭。

走出理髮廳，他的心裡倒坦然了起來。

被摒棄的結果，不是用錢就在這女郎身上彌補回來了嗎？

但是他確實深惡痛絕了三天。為了H・R，他活活守了三天漫長的情緒，惡劣地痛恨著那早該到達的愛的信息，為什麼一點消息也沒有呢？

信。信。信。使他頭昏腦脹。

而天氣這麼陰冷——沒想到是這麼冷，白天和晚上的溫差太大——使他短袖裡的身體加熱而急促的昏痛起來。發高燒的這幾天，在痛苦的肉體的凌遲裡，多麼盼望H・R

的信早點來慰問他。但是，好像被完全拒絕了那樣，徬徨無依的病痛，可能要加深了他對這個女人更甚的痛恨。

這狡猾而該死的H．R，此刻還在做著她輝煌而自大的夢嗎？以為已經完完全全地擄獲了他，就沒有什麼可憂可懼的嗎？

實在不該太早在她面前過度表露臣服的感情。他深深後悔，咬牙切齒的說：「沒什麼大不了的。」但可憐的聲音，比他發痛的偏頭筋脈跳動的節拍還微弱。他必須暫停遊蕩，必須休息。

他走進了那家冰果店，以往甜美的木瓜，今天竟然又硬又苦，他痛苦難堪地啐了一口，臉色整個變了起來。以往甜美的木瓜今天竟然難以下嚥？H．R，就在這種日子？臉色，整個地變了起來，剛剛在理髮時，從鏡子裡所照見的蒼白的臉龐，此刻，一定緩緩的轉青，及至成為難看的死灰色。

走在燈光的街道，這夜成為一個炎熱的下午，他神經衰弱的倒了下去，像一場缺乏了燃料的車禍，酷熱的正午，他寧願永遠這樣地倒下去，像一朵突然喪失了體力而急速萎死下去的薔薇，然而，仍舊要掙出一絲氣息，看看流血的現場，鮮紅的血液是否困難地流出一個美麗而孤苦伶仃的「愛」字的樣子。長久以來，他一直篤信，這是世界上最美麗的遺言。

那片豪華的光亮——記一個喃喃的故事

「也許我們真的耐不住那份寂寞。」鳳說。

「所以我們急於要浪費時間。」我的聲音很暗。

「不，我們只是要打發。」

「可是——現在又能獲得什麼？」

「獲得？……哎，別談那些了，今天是週末……」

「週末嗎？呵呵。」

「這裡的咖啡味道好，你難道不覺得？」

「只是燈光太暗了一點。」

「怎麼？」

「在黑暗的流裡，我總想望外界那些光亮。」
「你是說你？」
「我說我們。」
不知何時，我們已經衝出那個誘惑的地方，餘下冷冷的霓虹光，對夜景扮著可憐的媚笑。——
「噢，你瞧那裡有片光亮，很豪華呢！」
「就是太遠了。」
「來自海邊吧？」
「是海邊。」
「那兒很美，風總是柔柔的……」
「妳喜歡？」
「當然。我喜歡那些燈船。」
「好像天上的星星。」
「可惜……今兒沒有星星。」

「我帶妳去看吧！」

「哪裡？」

「燈船啊……」

晚風很涼，我們踢著路邊的碎石子走，喀拉——喀拉。藍色的街燈織起我們頎長的影子。我想起上個禮拜剛學會的The blue of Night，嘴裡哼著哼著，竟覺得有些荒涼的味道。鳳青色的裙裾吹動著，好似翱翔青鳥。我又想起那隻青鳥的故事來，一個很淒美的故事——

「洛啊！」

「嗯？」

「你想什麼呢？」

「青鳥。」

「青鳥？」

「一個癡情的少女化作一隻青鳥到處找尋她的白馬王子，日日夜夜，風風雨雨……累了，她就靜靜地盼望著，祈禱著……然後白馬王子回來了，但是可憐的青鳥並不知道。她死了……」

「少發神經。」

「才不！我只是──」

「只是什麼？」

「想啊，想妳。」

「哼。」

夜，很深很深了。我躡著腳步走。像往常一樣，總是珍惜寧靜的。可是唱片行還緩緩滾出那些要死不活的西洋歌曲。我只有悻悻地踢著石子滾得老遠老遠，那麼喀拉──喀拉的響著。而那片光亮愈來愈近，愈來愈豪華了。我突然有些妒意，好像燈船上所發出來的晶藍的光一樣地。我便側頭說話──

「妳瞧那片光亮豪華得多虛偽！」

「喔，怎麼啦？」

「我還是喜歡船上那一串搖擺的小燈……」

「像天上的星星？」

閃閃的，映得粼粼的海面也零亂地掛著一些亮片。

突然一陣消防車的叫聲急急擾亂了這個平靜的夜晚。那些光亮果然愈是豪華，眼睛受著芒刺的包圍了——

「洛啊，原來是失火……」

「呵呵，豪華的光亮呢。」

「多虛偽！」

「美麗的東西幾乎都不是永恆的……」

「……走吧！」

「我仍舊詛咒那片豪華的光亮。」

「沒用，你不能再浪費時間了，週末已近尾聲——」

「那麼讓我們替白馬王子祈禱吧！」

「為什麼呢？」

「他會寂寞的。是不？」

我們一點也不寂寞。你知道，明天的陽光將更豪華。

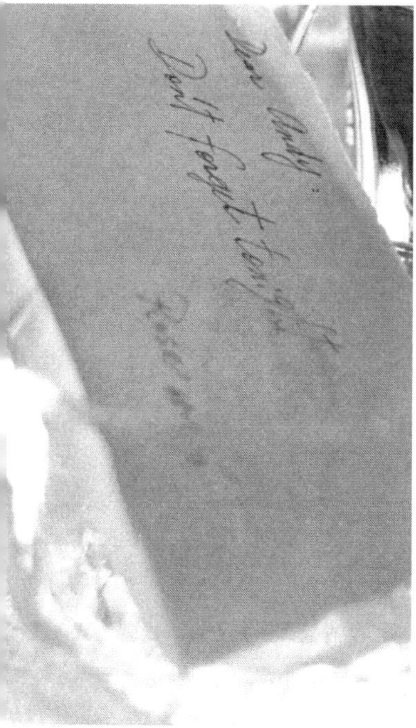

第二輯　開在雨季裡的花

散文

不繫之舟

不曉得這是說的第幾遍了：既然是船，總要開出去的。

住在基隆，對於船是不該陌生的，我每天經過碼頭，那些汽笛和雨一樣，常常陪我走過一段不好走的路。

可是很久很久了，我不知要怎樣告訴你，有一隻船是既開不出去也不會有聲音的，永遠永遠，只在我心上停泊。不為什麼，那只是一隻紙舟，一隻你摺的紙舟；而我常唱，我的心是一條小小的港啊……。

就這樣，也許那是因為你小時候留下來的才珍貴，也許不是，但我常想，如果不是因為這隻紙舟，我會忘掉你——這不就夠了嗎？

既然是船，總要開出去的，和你一樣，總有一天我也會乘著開出去的船，但我不是要到你去的地方，我要去那完全屬於我們自己的地方。你知不知道，我們的心就是一條很安全的港，那些船，是必須由我們親手用心來摺的，不是寫上英文字母，那種會生銹的船。

還記得T嗎？這個會寫小說的年輕的女孩，那年她這樣寫過：「我那一個吊舟已經有太多的灰塵，那塊圓形的劍山仍舊擱在舟裡，我要去找尋柔嫩的枝葉，插在劍山上，滿滿的一舟生氣和航行。」

而我的紙舟是插不上劍山也不須插上劍山的，有時候，我故意任它堆積得厚厚的一層灰塵，我在那上面寫著你的名字和我的，那時候我的心真的就像一條港，這隻紙舟已夠感情滿載的了。

然而開出去的船總也有再回來的一天吧。只有你摺的這隻紙舟是既不曾開出去也不必開回來的，永遠只停盪在我心上，雖然無需我繫著，那和不繫岸便得飄泊的船是不一樣的。我這樣反覆地想著，到最後，我竟不忍怎麼分清楚了：這是你的紙舟，還是我的？

聖誕紅·鐘聲

我想過了，如果你不來，我就不去。

那個大眼睛的唱歌的女孩，每天把自己打扮得像一朵花，從我的窗口經過。她的髮梢有一尾蝴蝶，她的臉始終顯得很快樂的樣子，我曾經暗暗愛上她。

可是有一天，我在對面山的教堂裡碰見了她——你會知道我是怎麼想的：也許她有她的煩惱——我看到，她的祈禱的手和我的姿勢是一樣的。從此她就不在我窗口經過。

我曉得，她怎麼也不能把自己打扮得像一朵聖誕紅，那尾髮梢上的蝴蝶是假的，你清楚，我喜歡對面山傳來的鐘聲，那和喜歡她是不一樣的，我只是喜歡聽，一遍又一遍地，那是真的鐘聲，不是聖誕唱片裡的鈴響。

而從來沒有人送我聖誕紅，我也不想買過。但每年這個時候，我從街上或花店裡看到許多，那是被擺出來供人欣賞或屬於標價的，我每次都希望能在那上面發現一隻飛撲的蝴蝶，結果我總是「笑著」離開，蝴蝶不在這兒，只在髮梢，而髮梢上的蝴蝶是假的。

我就不想跳舞，如果妳不來，我一個人不會去的。我在我家裡，聽對面山教堂滑過來的鐘聲，很溫柔的，至少不會像是舞會裡嘈雜、被動而虛假的節拍。

每年每年，我的平安夜是不睡覺的，我喜歡沉浸在對面山傳來的祥和的鐘聲。而今年，我不知道是不是有人會送我一些聖誕紅？此刻我的心裡已經儲藏著一隻飛撲的蝴蝶哩！

蝴蝶篇

他裝作不認識我
說我愚痴如一枚蝴蝶

——周夢蝶

口琴和蝴蝶

五月十三日，我的嘴邊有一隻蝴蝶口琴，那是新買來的happy birthday，送給我的那人勢必要聽我「青春的樂章」。但我吹出的會不會是我變音期的喉嚨？

二十歲依然很年輕，而十六歲正當要換腔的那年，我的聲音還像嬰兒。

陽光和蝴蝶

總還記得吧？小時候背著書包從田埂走過，蝴蝶和昆蟲一齊在後面跟隨著，心裡是很快樂的。

只不過在出大太陽的時候，蝴蝶愈飛愈高，我抬起頭來，只看到刺眼的陽光。不知蝴蝶在陽光裡是否依舊那樣翻飛著？我甚至漸漸失去了那個漂亮的印象。

不清楚這是蝴蝶，抑或是我自己的悲哀。

詩人和蝴蝶

那個年輕的詩人寫了一首叫做「蝴蝶」的詩，我曾勸他「那要命的昨夜的禱詞，何處不好去，卻在心底圖騰著」這一句開頭可以不要。可是現在我反而感到只要這一句就行了，後面的句子簡直是多餘。

你說總該有個理由吧？我正尋找著。

夜蛾和蝴蝶

我喜歡蝴蝶，這樣說出來，不曉得是不是多餘的？而在晚上，在日光燈下，蝴蝶和大飛蛾我是分不清楚的。在我脫下眼鏡的時候，牠們的身體，和飛落的姿勢，都一樣。

若是被我抓在手中，我想也一樣——軟弱而想飛的東西，無論蝴蝶或夜蛾……

追月小札

一

早晨醒來，有幾陣鳥聲，必是有一群飛來的鳥，聚集在門外高大的樹上。

也許鳥不來，我就不會醒來，也許鳥不鳴，我就不會再次想起妳的聲音，可是當我走出門口，鳥卻吱吱喳喳的拍動著輕快的翅膀，飛走了。

飛去的鳥，總有回來的時候，當枝上的樹葉隨風飄搖，彷彿就是一雙雙召喚的手，不知何時，鳥便會飛回樹的臂彎，不管起程是多麼遙遠。

而離開我這麼遙遠的阿月，妳可知曉我伸長的手臂？

當思念無情地湧上心頭，鳥聲又嘈雜地掩滅了我急切出聲的呼喚。

二

過去，阿月的身邊總有我。

現在，我的身邊只容許月亮高掛我夜晚的窗口，向我探問，與我深談。

若是雨來，妳消失的臉，恍如黯淡的夜色，不眠地覆蓋著我。而夢中妳發亮的雙唇，原也是我愛去旅遊的地帶，可是在這樣的雨夜，卻悄然化作一葉蚱蜢舟，輕輕地載走了我窗口的月光。

啊，阿月，若是沒有雨，那樣的月色多好，如果妳還在我身邊，如果不下雨，我永遠願是無知的追月少年，那樣多好。

那樣，多好。

三

我把月光
裁成碎細的亮片
做成一件衣裳

我細心的縫好相思的扣子
用思念繪出美麗的線條

然後
在夜暗裡
偷偷地穿起來

四

天氣這麼冷，體溫總是最叫人懷念的。

如果，在遠方的妳，現在能像一碗熱熱的湯端在我面前，那一定愉快極了，我必一口急急的喝下，即使燙死，也不哀叫一聲。

在冬的雨夜裡，我匆忙地追上了那個沿街叫販魚丸湯的老頭，我知道，我飛奔的姿勢，宛如要抓住一顆隕落的流星，而阿月那寬大潔白的褶裙，此刻正在我眼前，像雨水一樣地四處飛揚著……

天氣這麼冷。

五

如果沒有風，風鈴便靜得發冷，如果風來，風鈴便叮噹響滿了一地。妳送的風鈴，掛在我的窗前，已逐漸的銹了。

有風便有雨，當風敲響的時候，雨也無情地潑了進來，激盪的風鈴，總是不安的搖晃著已經失去的光澤，而發出暗啞的叮噹聲。

阿月，當風鈴又響時，這次我關上了窗戶，讓風鈴只擺盪了幾下便停止了，莫名的空虛卻從微弱的風鈴的餘音向我感染過來，啊，阿月，妳不說話了嗎？妳不能說話了嗎？

外面的風，嘩啦啦地向我心裡傾瀉下來了。

母親的戰事地圖

起初只是一點，兩點，三點，像頑癬般地出現在亮滑的平面上，過了一些時日，竟蔓延了這整面廉價鏡子。

逐漸擴散開來的斑點，已成為化學方程式般的帶狀圖案，出現在鏡子裡，確實令人怵目驚心。有時以惺忪的視線一瞥而過，彷彿眼前攤開的是一張註滿褐色筆跡的戰事地圖，陳舊且破損。

母親卻說：「好像人類的皺紋，爬滿了整張衰老的臉。」

這面剝落了水銀質的鏡子，掛在母親床前靠牆的地方，成為她每天晨起或浴罷對照梳妝的場所。

剛搬來這棟新居的時候，我身邊的積蓄幾乎為此而耗光，然而，母親的臥室似乎還缺少一面鏡子。我與妻商量，即使省吃儉用，也應為母親買進一座現代化的鏡台。那是母親一輩子還未擁有過的東西。可是，為了怕我多花錢，母親便趁著我們白天上班的時間，獨自到街上買了一面廉價的鏡子回來，掛在她臥室的牆上。她說：「我這把年紀，用那種時髦女孩用的化妝台，會給人恥笑。」

母親的頭髮早已全白，而且稀稀疏疏地一點也不好看，每次從浴室洗完頭髮出來，頂著一頭蒼亂的白髮，立刻就跑進她的臥室，過不了多久，香味即傳到客廳來，我知道母親又在她的鏡前用染髮劑梳理她的頭髮。

有一次，我站在她的身旁看她有條不紊地染她的頭髮，那面水銀斑駁的鏡子，看起來真是礙眼。我堅持表示要把它換掉，母親卻不同意，她說：「鏡子雖然壞了，卻很合我用，每次看到鏡子裡的醜八怪，總想是因為鏡子壞了的關係，而不是人醜。」

母親這種奇怪的人生哲學，在鏡前獲得了充分的發揮，這點倒是我沒料到的。從那一次開始，我漸漸懂得給七十多歲的母親添購一些質料較好的衣物，以及清淡的保養化妝品，雖然這些東西最後總是成為母親自己賞玩的多餘物質而已。母親說：「看到那些東西，使我覺得自己是不是真的老了，醜了。不過，我喜歡實在。」

後來，母親索性連染髮劑也不用了。她站在鏡前對我說：「瞧我一臉的皺紋和白髮，那是用六七十年的光陰才換得到的！」

母親喜歡那一面鏡子是有道理的。我想，擁有一張被汗水濕透的破舊的戰事地圖，對一位從沙場榮退的老將軍來說，無疑充滿了人生之美的表徵。

夏夜

入夜之後，室內的燈火全部打亮，戶外偶爾還傳來一兩句稀落的蟬聲，夾雜在一長串噪人的蛙鳴裡。

打開落地鋁門窗，有幾絲涼風吹來，驅逐了白天裡留下的燠熱。庭院中的榕樹枝葉，還不住的打擺美麗的身段，就是那胡亂攀爬的菜瓜藤子，彷彿也伸出幾隻小手要溜進屋裡似的。母親手拿竹編的圓葉扇，一股勁的直搖，這樣的初夏之夜，令我興起幾許思親幽情。

父親還在世的時候，最喜歡在菜瓜棚下睡覺。他那肥胖的身軀，動不動就流了一身汗。晚飯時喝過酒，總要到庭院口吹吹風，乘乘涼。他用兩只小木椅子，架起一塊廢門板，然後躺上去，手搖著紙扇，一邊抓著瓜藤晃起腿，一邊就呼呼呼地睡著了。

有時朋友來訪，他就坐在那門板床上招待客人喝酒。那時我還小，經常繞在他們身旁，隨手抓著花生豆子吃。遇到大熱的天氣，父親會差我到市場口買個大冰塊回來，敲碎了泡酒，多餘的冰塊就分給我們幾個小孩，在嘴裡一口一口的咬碎吃。

以前的家，實在小了些，加上人口眾多，到了夏天，屋裡總是悶熱難當，父親就經常在那門板床上過夜，我也老愛擠在他身邊，一覺到天亮。但母親怕我著涼，不許我露天睡，我還記得父親對她說，浸了露水的小孩長得快，就像植物一樣，母親氣他不過，總是趁他睡著的時候，悄悄的把我抱進屋裡。而第二天早上一醒來，我總不忘去向父親告狀。

直到我長大，當然是不愛跟父親擠著睡了，然而他的身邊也沒空著，他上街去買了一台收音機回來，每夜在他的耳邊放些音樂，聽聽大補丸或強胃散的廣告，不久也就睡著了。

有一年的夏天我正在戀愛中，經常出去約會，很晚才回來敲門，父親因為睡在院子，經常都是他起來為我開門的。後來他似乎有些厭煩，所以每次回家總要挨他一頓罵，而我也時常跟他抬槓，知道我未回家就不該把門上閂。那時候對父親的無禮，反映出我叛逆期的個性，父親也只好一邊罵，一邊由我去了。

又有一個夏夜，父親睡在那門板床上，竟然一睡不起，那年他七十歲。此後那塊門板就被母親拿去丟了，我一直覺得很可惜，那塊堅固厚實的木板，陪伴父親度過不少夏夜，如今我睡的雖是彈簧床，但睡木板的經驗卻是常常在記憶裡浮現。

現在，當房子裡熱得不能睡覺時，一家人還是習慣到門庭口乘涼，聽稀落的蟬聲和噪人的蛙鳴，偶爾還有幾點螢火點綴在菜瓜棚下，忽明忽滅。這些景物依舊，只是聽不到父親在一旁打呼的聲音，總覺得這樣的夏夜，似乎是寂靜了點兒！

獻給我的新娘

幸福，雖然不可多求，但在這一刻起，我深深感覺到，它已圍繞著我。

我無須隱瞞內心的歡愉，但我更喜歡說：我尊重我們的決定，而希望在未來的日子裡，我們全心全意的走向我們的路。

這將是一個新的里程，我們必須在那上面留下平穩的腳印。唯有腳印，才是最忠實的，它將記錄著我們的愛，是否經得起時間的剝蝕。

我們來自不同的地方，卻相遇在一起，自然有著不平凡的宿緣，但是，這堂堂皇皇的你我一生的歷史當中，我們因愛而結合，並非出於頑強的遊戲，乃是經過時空的對驗和明智的選擇，這其中，畢竟包含著「把整個人也付出去」的最崇高的決定，也包含著對自己實行完全負責的意義。

我深信，只有在全然的真情之中，才能見出我們生活的真實和美滿。

因此，在未來這段共同生活的領域裡，我們應持有相同而密切的默契，互敬互愛，患難與共，在平凡中求快樂，在快樂中求真實——我們只有通過這裡，才能去尋找人生的真諦——這就是我們應該共勉的。

最後，我切盼我的新娘，此後能把她周遭的人生打扮得像她自己一樣的美麗。

懷念的，告白

沒有星光的晚上——致RIY

那一疋繁華的陰霾依舊無邊地拍擊著這個淒淒的雨夜，某些沉悶的感受便使我認真的悲酸起來。只為了捕捉這點貼實，我懷念那些星光燦爛的晚上，即使一刻，也有豐盈的意義呵。

從未想過涉渡一個寂寞的晚上還要那麼大的勇氣和忍受。別離竟是一種異端底嘗試，妳走了之後，我就常常想起妳的每一張不同的臉。想哭的，要哭的那種感覺就一直在我的心裡衝刺著，直到星稀夜沉，抱著最後那一點冷冷的星光入夢……喔，今夜我有著濃濃的感傷，想望雨後那弧華彩迷濛的長虹，明日會是如何一個顏色？

該歸去的都去了，妳說的，但是該來的我們又將怎樣盼望怎樣守候？第一次，我不能再對眼前的空白惶惑了。

那些燦爛星光已是另一種意義，今宵的雨聲我已熟悉。今夜，好個沒有星光的晚上！

玫瑰花箋——致w．w

忍不住的暗香，從信裡面緩緩流了出來，妳的祝福，浮泛著這紙帶有玫瑰香味的信箋。我了解妳這份歉疚的愛情。瞧那朵被壓扁了的玫瑰，那麼孤哀的等待著枯萎之後的命運，痛苦，與幻滅。我甩甩頭：我要的不是這些。

也許我們有權選擇所要的，卻無權要求接受什麼。妳的離去，雖使我一下子跌進了寂寞的空檔裡，但我畢竟忍受了。我是一片雲，妳也是一片雲，就怪那顢頇的風，我們偶然的相遇，便難免不會飄移，妳有妳的方向，而我，還有遙遠的理想——我有我無垠的追尋！

失落並不是絕望，我只是踩錯了一次幸福的門檻，仍然還有獲得的機會。人生真正的過程，並非在於時間的逐流，而是時空上的追尋，是不是？

請再為我而祝福吧。

以及妳——

開在雨季裡的花

多麼想妳啊，蘇珊娜，在這下雨的季節裡。

那一天，送走了我們的黃昏後，妳突然問我怕不怕雨呢？那時，驚詫於妳突然的問話，我忘了回答妳，只對妳笑了笑。現在想起來，才真是好笑的呢。也許是我未跟妳提過，我還常常幻想著要把那些晶瑩瑩的小雨珠夾進我心愛的詩集裡。想想，那是多麼的詩意啊！

那個好久好久以前的三月，我們上陽明山尋春。我們的同伴，一些野餐，一個開麥拉和一個電晶體收音機而已。那天，我們走遍了所有的櫻花，所有的杜鵑，所有的路；看遊人，看天籟，看橋，看綠，看山。開麥拉裡，留有妳的微笑。妳說妳畢竟尋著了春，是無疵，是快樂，是活躍。

妳說妳很喜歡小溪，說小溪像一個愛好幽靜，溫柔的女孩子。於是，第二天，我買了一條乳白色的圍巾，並在上面題了一小段丁尼生描寫溪流的「夏洛蒂夫人」的詩，圍在妳的脖子上。那時，我看到了紅靨微浮的笑容。蘇珊娜啊，可知道妳和小溪是同樣地令人喜愛，那麼幽靜，那麼溫柔！

記得妳生日那天嗎？我沒有贈妳蛋糕，或贈妳兩支大蠟燭。然而，我送妳一束鮮豔的薔薇花，送妳一本《日安‧憂鬱》，送妳一個姣好的青春和快樂。妳說妳好開心，薔薇花永遠開在妳的身畔，那本書也填補了妳心靈的空虛。在書裡，妳放進了許許多多的夢。夢。

大前天，妳寫信給我，說妳多麼愛在孤獨中靜靜地過日子，多麼嚮往深山的寧謐，古寺靜穆和那種淡暮煙林的生活。說妳當家人都不在的時候，妳總好關住門窗，關住燈火，讓孤獨囹圄自己，讓腦子在寂靜中幻想著任何一個完美的故事。

啊！我也是多麼的喜愛孤獨，我已安於被喧囂所遺忘，自願徜徉於孤獨的園圃，摘折自己心愛的詩句，或搜尋那些在風沙裡生長的記憶與足跡。

耶誕節，我買一對聖誕燈送給妳，妳喜歡嗎？讓一些閃閃亮亮的，掛在那個平安夜，好不好看呢？但我萬分的喜歡妳送給我的那張聖誕卡，那上面是一幅很精美的西洋畫，耶穌基督的光，燦燦爛爛地照耀著耶路撒冷，照耀著整個畫面，也彷彿照耀了我，與妳。我把它放進我書桌上的玻璃墊裡，永遠永遠地珍愛著它，好嗎？

哎哎，蘇珊娜，妳甜甜地笑了，那朵花開在淅瀝的雨季上，雨季。

教堂二則

小路

旁邊的野花不知何時醒來了，在我尚未看清她們如何跟我打招呼之時，一輛熟悉的單車從我身上疾駛而過，花色長裙飄來一陣微香，甚至聽不見我對它招呼了什麼。我是不在意這些的，因為這個世界已經夠忙碌的了。

我想天大概亮了，一個新的生活即將來到，雖然晝夜對我無關緊要，但黎明總是我喜愛的，身為一條小路，我不希望黑暗。

我的身邊種著許多不知名的花草，再過去是一片矮擠的高麗草坪，兩邊都是。我的前端矗立著一座白色的教堂，後端右方是醫院，左方是國民小學。每天有成千上萬的人從我身上走過去，他們的無禮並沒有因為我的不堪負荷而令我憤怒，就是這樣。

但貝克神父一直在為我操心，他用他主上的力量在為我募捐，直到一天兩旁的高麗草坪將改建政府外交別館的時候，貝克神父的願望實現了。

我不知道我改變成大馬路之後會如何，我不知應該喜歡或憂愁，我知道，身為一條小路的我，是永遠不會寂寞的，但很多人不知道，當沒有野花與我打招呼，當我不再看到騎單車的長裙女孩，我感覺到，這個世界，將變得我不太熟悉！

給死去的尹

我再次從雨中走過，貝安格的教堂在不遠處顯露一片迷濛的灰白。此時我若忘了妳就好，偏偏妳那蒼白的笑靨始終游移在我的眸裡不去，像失了魂似的，我提著腳跟單薄地走著，在荒涼的視覺裡，我再次走進了教堂，以及熟悉的寧靜。

我靜定地凝視著胸前的十字架，然後是貝安格先生濃厚的聲音了：

「……你所要愛的人，正是你所要離去的。在回憶的過程中，你會發覺自己的淚原是出於你對別人的關心。因此收斂你的悲哀吧，我們本就背負了痛苦而來的，如今我們要求主伸手牽引我們度過那道苦難的河……」

我立刻把頭重重地埋進自己的懷裡，那道苦難的河啊，我如此想，反覆地念著，就像一塊刻有妳名的矗立的墳碑，永恆而深刻地敲擊我的傷處……

從離開妳撒滿了鮮花的小塚開始，尹，我用懷念掩去了我的年輕，何時能再見妳倔強而質弱的笑意？而我唯一可以告訴妳的是：我無流淚，因對著永恆靜默的妳，尹，我的記憶也永遠鮮活。

晚安，尹，晚安……晚……安。

週末黃昏

又是週末。又是一個屬於週末的黃昏。

我總不知道為什麼，每當黃昏來臨的時候，我的心靈便陷入一片黝黯的庫房裡去飽餐寂寞的饗宴。而每當我以受襲之後的創傷去迎迓這一陣突然的感覺時，妳的倩影卻飄飄來駐足於我靜靜的眼湖，牽起一波一波粼粼的情懷，節奏地敲擊著我癡癡的悵然。

週末，黃昏在煙雨濛濛的晨縷裡，更顯出一份單薄的愴寒了。也許那有點淒美的詩意，但我的感受僅止是破碎一地的悲劇而已。籠罩滿天的愁雲此刻已掩飾不住我心中悒鬱的色彩。思維在黃昏荒涼的覆蓋下，逐漸地被初上的華燈所吞噬了。

朦朧搖曳的燈影裡，我竟迷失了。我迷失了什麼？我必須拾回什麼？我能想起那日黃昏邂逅之後的依偎麼？我……？等待之後又將是一個空空的等待？

仍然又是週末。仍然又是一個屬於週末的黃昏。——這個寂寞的季節。

勸情歌

這本來可以是一個很美好的日子，滿天的光或燦爛的星斗，將鋪成我們可以一道走過的路子。那喜悅和驕傲，也像妳的綠野香波一樣，飄揚著，青春的氣味。

那是我們喜歡的。那是我們都會願意的。

這不就是我們所要的美嗎？如果是的話，今天被隔絕起來的我們不是太可憐了嗎？偶而想起被丟在路邊的靜默的石子，它卻自在地閃爍著無比的陽光的時候，石子會是我們都喜歡的。我們都會願意我們是那石子。

永遠的阿里山上，說不定正儲藏著一顆古老的石子，當陽光量子射透巨大的森林時，我們將聽到一陣劇烈的暴喊：來吧可憐的情人！無聲的櫻花就要為你們在我靜默的胸膛開花了！

你們都會喜歡的是嗎？
你們都會願意的是嗎？

外島之歌

有一個寂寞等待你去享受。那塊大石頭依舊坐在蒲公英的草地上，聽著陽光的傳說，也許是想要把它唱成一條歌，愈唱愈沙啞。這是一個燃燒的念頭，一種陷阱。

有一個寂寞等待你去享受，我只聽到這句話，我沒有地方，我貧窮得連一個下午都買不起。我坐在石頭坐在蒲公英的草地上，風一下子就整個地淹沒過來，依然這麼熱。我盡力地縮向背後芒草的陰影，高高的一叢依然蓋不滿我，一個頭的影子跳躍在陰影與陽光的中間，難為地剖開了另一個燃燒的滋味。

奇怪地一隻蝴蝶飛過來，我看清楚那是逆風而來的，牠倦倦地飛落我的腳邊，蒲公英搖搖，我忽然有一個踩死的念頭，我的腳伸高了出去，蝴蝶已經飛走了，我忿忿的看著牠驚慌飛走的姿勢，逐漸在陽光中失落了印象。蝴蝶總也有去處，可憐的我，坐在這晌午的流言裡做著謀殺的夢。

我想站起來，我看清楚對面的島，但我沒有動，我知道海對面的那些島是怎麼樣子的，我已經看過不知幾百遍了，那兩顆剝露的乳房，誘惑地使我想起了我的情人。想起我的家。所以我沒有移動，我已疲倦了吧！大螞蟻爬上我的腳踝，在我撥開之後，已被叮了幾下，隱約看得見豆紅的痕跡。

我還是想站起來，我終於站了起來。啊！太陽，我已經沒有地方了。有一個寂寞等待你去享受，我唯一聽到的這聲音，是一個燃燒的念頭，一種陷阱。我走進了床的通道，那是日子唯一的通道。所以我貧窮。

我們的草原──清明的抒情

我們曾經坐著，讓煙流升過：飯後風景的我們。
我們曾經面對坐著，享受飯後抽菸的愉快
那是，比草原還能夠吸引我們的
廣闊。一度
草原對我們曾經是
未來的我們最大的版圖。不論我們坐著、站著
躺著、想著、抽著菸，草原都會出現在你我對視的
眼流。

如今，我又來了。

我來和你對坐，草原就在你面前，那廣大的身軀啊

像煙一樣地覆蓋著，我親愛的哥哥的版圖。

於是我坐著，讓煙流升過，我眼前的這一片。

啊，好冷的這一片，哥哥睡著的

過港公墓。

第三輯　漂白的風景

詩的散文

六〇年代和七〇年代的接縫，法國出現「反小說」（Antiroman）一派，反對全知觀點，主張單一觀點，把小說家的眼睛當成一架開麥拉，向著預定的場景緩慢移動，並且使用細膩而準確的筆觸描寫物體，甚至不惜反覆重複敘述，使場景呈現幾何化、3D化的效果，我則試圖使用詩的意象和散文的途徑加以實驗，出現如下的面貌。

伙伴

一

更無須示我似一朵黑的燦爛，雙目裡坐著的是翦翦之火，這樣追逐著你明亮底錯愕。嗨，跳躍是一種姿勢，我從升高間的陸地望見一盞光那樣衝刺著天空倉皇的白牙。至於發霉的雲翳何時落下來，你掌中的灰塵將有計量，輕輕的體溫揭開了無所謂的深淵。

然後急起，數說若干苦行僧砍過的日子，且無須示我以一朵黑的燦爛，我已洞然。啊。我已洞然。

二

沒有人對我哭泣，而我已然聽見昨日西崗少年艾艾的風聲。有一陣子眼淚屬於落葉，我們曾在沉濁的呼吸中撿拾過的，一種顏色便如是升起，幾時抽痛了盲目枝枒而風猶不知。好的，一種黏液便如是升起，夜夜我因否認你底尖鋒而迷失，且無人對我哭泣。啊，我便向你，唯有你——你底手！

三

什麼時候龍舌樹告訴我岸邊的火層就要炸開了？於是我不安地伸手捲過一邊，漂浮的水草驀地向我撞擊來了，啊，胸前的痣印便因此逃遁：叢陰，荒漠，深水，輪底，無一是處。

——我在這裡休息。什麼也沒有。
然而匆匆的那個，突然塞給我一把火點，便驚急地走了。
他說，火，和火。

四

——致煥彰

因此伏疊著你底名字，我把四方的星子留給你，那也是相思子的——紅。
莎密娜的春天便這樣美麗起來了。看你底唇到底銜一些清秀的野花各處地跑，我就忽然想起家裡乾涸的花瓶，接著萎頓。啊，潮濕，並沒有光亮，而你底足音卻已走近，從來未有過的聲響正從我心上流過——我就如是通往地極那邊，有更亮的星。

一隻斑鳩跳進陷阱，然後誰也不知道，那個變調的天空，除了獵人。

五

接下我的血吧：鴿子這時才說。
但是我已經射出了我的矢，憤恨地再也不肯收回。路上穿過的風也是。
深悔我呆呆站立一如你恥笑的楊柳。
虛弱地看不到你底高度。
且冷我以滿額的清醒吧。啊。溫柔一些。
別打翻了你底笑容。

漂白的風景

那些枝枒，尖尖地切出的姿勢，逆風的時候，當成為一種告白——尖尖地切出的枝枒，那麼多開放的手、樹的流蘇。而我們的，怎樣擺伸？

那些樹葉始終吊著，一種光罅斜斜地從我眉間過，我用我的高度捕捉那些洩漏出來的葉綠汁。無人向我盤問，啊，我沉默於誰，誰是那慣於閃爍無知的森林？

溫柔擁抱岩石的皺紋（無記名的回憶），那是這裡唯一的靜默。而我們的語言，不正是破裂了的靜默？（死亡是一條封閉的曲線）。

久久不忍飄揚的葉子，翻飛的陽光，總把這片風景梳成一片一片，像我幼時玩弄媽媽年輕的髮莢，碎碎細語。

那些花朵，突然飛起了蝴蝶，拔風驚落一地花瓣。而足音是一種消息，混合夜晚腐酸的秘密，明日也洩漏很多腳印與灰塵——陋落的痕跡……。

坡上埋伏的砂礫，重複著陸地的皮膚，在風吹的邊緣，滾動如不安的麥子。我們的季節是不成熟的天空，我們的天空是不成熟的季節，在血瞳中變動。

無大雨的日子，河口很容易被你摺疊成一隻船，讓千水悠悠載我四方進駐。我既已穿船進駐，你就無須再為我吹一號角，我知我在逆流。啊，倘若有了缺口……

遺失了腳的破鞋，會走向哪個方向？前面的路已惶惑，燈語打錯，你像舟帆，我像那些永遠也畫不出線條的里程，零零落落地被分割了滿地的小石子。

癌也有一種途徑

動作一　Action 1

突然飛出去的帽子，被他一反身便抓到手，沒有一點跳躍的意思。

風使髮飛揚一小撮，很快地埋伏下來。

風穿過的是一處不被知的大地。從帽緣垂下來又伸張出去的手就像一道橋，橫臥眼光與大地架構的角度間。

啪。啪。啪。拇指與中指揉捏的聲音，衝突齒與齒克拉克的聲音，響亮地吵鬧。

燙傷的步履開始告訴大地一種經驗，他在往前走，而時間迫令他接受這種意義，從火焰的地方來。

被拔開成四十度的腿，很溫柔地攀住了他的腰。
寸步。寸步。逃。逃。逃。

想像一　Imagination 1

正好有個古老走廊切斷了他的視線面積，在這空無一人的低窪區，停住如一條無辜的河。
那麼騎在黑暗之上，天窗一定像狼的眼睛。
剝剝落落的光是讀牆的頹柱。
半月拱門的寂寞抽出一滴血絲，塗滿走道的陰影。
一定有過木屐踢踏而去的暗夜的叫聲。
鴿子和打火機，同樣清脆。
滿載流連的錯誤或喜悅。

都不是。那麼何處揚長的水聲？

動作二 Action 2

路過堤防的石子一掌眼丟中了他的腳趾。難道只為了一次小小的疼痛？

憑空迸裂出來惡劣的語言！

終於他彎下了格格作響的腰，他的頭部下垂到和他的肢身成為相互平行，而他的手尚未觸及無足輕重的所謂傷處時，他的腰彎曲得幾乎被對摺地拆了開來，可是這樣大的痛苦居然未受到他的重視，他依然探身安慰他的腳趾，然後漸漸直起他的身子，這樣起立的姿勢進行到一半，當那幾乎被折半的腰部攝入他倒視的眼簾時，他又停止了他的動作，再次低垂下去，撫摸他的腳趾。

這次他真的站起來了。

同時一顆稍大的石子直直劈中了他的頸背，一點也不突然的樣子。

想像二 Imagination 2

狗。

蹲著像一壺雕漆海棠式瓶。

然而伸出來的舌尖凝靜地逼視著他花紅花綠的服飾。

狗以為他的衣服或許是一盞紅綠燈。

他或許是非斑馬線的十字路口。

但他不知道。

狗驚恐地逼視著。

終之他像狗一樣的癱瘓了下去。

○癌

而後聽說梨花突然和淚悸動了一下……

其實在他尚未獲悉這個消息之前，還在路邊幹那折枝的工作。

那時，正是黎明。

而回去的時候，破曉也需要一種不被知的途徑。

神話

我非聖者
信仰很無辜。而你
你猶年輕，少年
怎不仰望青天之上
有你原始的寢宿否？

青山之外，呢
有你最初凝視的指向
以及顏色。

該歸去
親親你曾溫存過的
銹了的雕像
呢，我是流浪的

我當然是流浪的
而你猶年輕，少年
此外不須理由

停電之夜

黑暗之前，我已一片混亂，並且不斷審視自己，也許是剛剛看完齊克果的「死病」吧？啊，是了，無限憤怒，我幾乎是暴跳起來的，因為一支箭已經朝向我的中央射來了。憤怒啊，我的病弱竟被「審視」剔出來了，老天！我由於赤裸的羞冷而憤怒，就像外面風風雨雨的戰爭剝奪了自我的寧靜。至於何時停電，我並未察覺，因為我本是黑暗的，沒有燈光的。齊克果說：「你生活於幻象之中乃是錯誤的逃離，那幻象與錯誤正是絕望者自認安全的地下室，但其實是個空洞的樓閣而已，如此反暴露了你的直覺……」我說吧，這便是一枝傷害的箭，已朝我的傷處射來了。啊，黑暗，黑暗成了我唯一喜愛的路徑。我說，我哭著說：來吧！黑暗。我說這話的時候，心裡就似擁抱一塊笨重而潮濕的鉛塊，面對一堵黝黯殘敗的牆講話。牆外貼著颱風廣告，以及溺斃哭喪的法事，上帝就在我們頭上，也許在流淚，也許在狂笑，但誰知道，誰願知道？我只知道，明天總是另外的一天，是麼？

你要蠟燭嗎？我說：我不。

「一把鹽，堵塞了那個嘵舌的奴隸的嘴。」——卡繆《叛教者》。

第四輯　薔薇的剪裁

手記・思的美學

薔薇的剪裁——薔薇手記

乳房儘管呈現在我的眼前，但它卻漸漸地被閉鎖在自身的原理的內裡，如同薔薇閉鎖在薔薇的原理的內裡一樣。

——三島由紀夫《金閣寺》

裸體的薔薇——一篇未完成的小說的前言

為了呼吸，薔薇深深的搖動。

深深地把充滿愛意的手掌插了進去，也能感到擁抱著肉體般的真實吧，彷彿為了要把鮮紅的血液全部擠了出來，看著美麗的愛意隨著生命得到充實感。這美麗的生命的律動竟然也有著痛楚的一瞬，隨著垂下的手掌痛苦難堪地萎蜷下去。

失去了貞操的薔薇，難道也感覺到非死不可嗎？

學習著逃難的薔薇，把他的頭顱深深地埋進溫熱的胸腹間。這犬蹲的姿勢，使得他飢餓的肉體喪失了呼吸，疲憊地被窒息著的樣子。那麼還有什麼可恥的呢？原先繃緊的肌肉已因著愛的凌遲而鬆垮，失去了愛的保護的生命，也要漸漸漸漸地被薔薇的肉體所擊敗吧！

一株株鮮豔或被侵犯過的薔薇，對於伶子痛快的肉體當然有著不可磨滅的印象。

有一日我從心裡看見一朵薔薇的肉體和她的血跡，此後便為她的美所撞痛。

是的！薔薇是我的青春，

我的肉體，
我的愛，
我的血。

一朵朵的薔薇開了
一朵一朵的薔薇又開了
我的薔薇

只要種她一次
薔薇便永遠開著
凋落的花朵

仍然毫無廉恥地裸露著
一朵比一朵老練
一朵比一朵靠近我
直到我不小心踩碎了

啊　一朵臨終的薔薇
不時追問著我
只要種她一次
薔薇便永遠那麼美麗嗎
血便永遠那麼流著嗎

輕易得連昂首舉臂的動作
都充滿慾望的氣味
這對於一朵薔薇來說
那股神聖不可侵犯的　美
毋如是充溢著她的
肉體及顏色以外的權力象徵

我走進了夜晚醇黑的肉體裡面
看見它身陷而無邊的窟窿

THE NIGHT ABOUT

我的腳步或許成為它流血的聲音吧
或是那窟窿創痛的抽泣亦未可知

那夜裡曾經小心地處理
這廣曠而陰暗的寂寞
並且加以剪裁
成為一種所以不眠的心境
Rose: My love

颱風過境。
風聲雨聲留在體內。

卻似要從遙遠一個未知而暮色蒼茫的世界
喚回一股被親情疏離了的憂愁的力量。

似是因為要從對妳的懷念中才能協調的這種心境
實在是「肉體的鄉愁」吧。
美的憂愁又來了

當第一線曙光微妙地照射下來
我看到一個美麗的早晨，彷彿有生命地逐漸地破曉了

對於成為一個守夜者的我
這種告別有著全新而令人震顫的感覺
可憐而繾綣的夜終於向我告別了吧

從這裡看到天際一直延伸著，不遠的樹兒等於栽到天的腰部去了，遺留的烏雲抽象地排成一條一條的腰帶，曙光逐漸把那條腰帶鑲上了沉悒的金邊

坐在草上想著今天必須把這幅畫畫好，畫好嗎……

晚霞的不動聲色的光輝使我發覺和平與安詳的心情，同時那種並不算是色澤怎麼美麗的顏色逐漸把我皮膚浸染透了確實成為古銅色，而接近完全紅潤的肌肉顯得多麼潔淨，這晚霞與肌肉相映的美壯麗得幾乎要引起我的自戀呢

我堅持一個奇異的我的信仰：
我心裡面必然有一個魔鬼生存
這心中的魔鬼只有在我體內的血液逃出一條出口來的時候
才可能尾隨崩潰了的人形被放逐

血的崇拜無疑鞏固了肉體的需要

倘若在無可言喻的信賴裡
為了向天空展示我底裸體

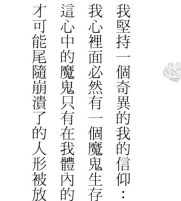

是不是需要一把像樣的刀刃
從神秘的胸膛抽出一條血的河流來

「為了向天空展示我底裸體」
只有這樣的語言才證實生存活力的可能吧

只有血的真實
如一把刀刃與我底胸膛對決的時候
我的胸膛將因繃緊而
顯出特異的莊嚴
那時死亡如同愛一樣眷戀

然而血的事實加深了裸體的慾望
對於正像一棵樹之被根植於泥土裡的「人的姿態」的話

天空實在成了我的帝國啊

支配人體行為的，或者說，支配其官能顯現的，不是我們通常所認識的生理上的魔力或什麼其他的解釋，而是那無可設防的權力慾之陰影。

內在權力的爭逐，乃是為了從「別人身上與自己的關係」之間的反應獲取「凡己」更高的價值或地位，是由於本身自視的關係，對於個我凡己的感覺腐鈍而發生的壓抑，不得不從別人身上重新建構（或發現）一個新的、意外喜悅的自我。

「比別人高一等」是現實裡權力的表率，說「謝謝你」這句話具有使別人信服於你、稀釋他人價值的內作慾望，這種權力的陰影是隱藏於生理行為之下的。

一朵腐壞的薔薇
毫無抵抗似地沉默使我駭怕
恐怖的不曾對死亡拒絕的生存
使活著的慾望感到醜惡
無言的力量在我體內爆炸開了
一朵激烈的薔薇花

血與
肉體
的事

實也
深深地無理的炸開了
————————
深深地無理的炸開了
被擊
中的
我底
坦蕩
的胸
膛

是因為眼睛看不到所以額頭才廣闊的嗎？

沒有人告訴或警示你必須因為
生下來就得活下去
但這「活著的能力」無疑是一條鞭子吧
所以「我仍舊活著」到靠近死的氣味的這段旅程
似乎竟被一種無知底意志所充滿

——死者手記

「所有的人都已死去
我是不是還生存呢」

默默地閉下眼睛
不忍看見
他們是因我而感到自己
還生存著的

為了拒絕
寧可褻瀆的懷疑

——魔

終於發現了影子逐漸地矮小
逐漸自腳跟前向我縮短著
覆疊到頭部我看不到的地方
已被陰影侵襲而痙攣地
我快速奔跑起來

奔跑的影子快速地追擊
我的恐慌與狼狽的姿勢
緊緊撞痛我急喘的肉體
呼吸如同噴出的血液
流竄著不支而仆倒的我

這次影子緊緊地與我密合了
那麼就這樣愉快地死去吧
我證實死去的肢體和往常的影子
完全相同地那樣仆倒著

注意感覺本身美的性質——

「感覺」是依據官能行為在人身體（邊緣）多出來的東西，換句話說，「感覺」是出現在人的生理體能及官能反應的稜線上的一種未之分明的意識，然後依憑個人的思考個性去組織、分類與排列的。

多半是跟蹤著視覺的「感覺」，當然是懷孕著「美」的胎原。

美麗多半是具有受苦底神蘊的可能
悲劇的行為
比較愉快的事物更深遠地
佔領人類純感情的範域　因此
哭泣　在某種時候成為被感情所俘獲的本能
而形成美的象徵意識底衝動

痛楚以後才倍加安心的原因
是對於受苦的意義已經由肉體的經驗所體認
美是沒有後患之憂的啊

我確然已經學習必且培養了一種感覺，肉體的沉溺，精神的高昂，都在不自覺的保持著愛的新鮮度。肉體的沉溺與精神的高昂，融合成為纏綿的理由。我們的愛是經歷過痛楚與絕望的思考才是最美。而肉體與精神面對著這種思考而愛，才是最充實的，快感底根本。

只有最痛苦的愛才是最放心的愛吧！

設若纏綿有不接近於肉體的，那麼在精神上顯然有其自存的美感。纏綿造成愛的充實感，並且基於肉體與肉體接觸的話，應該是首先經過精神的統一和駕馭的。

肉體與精神若不相調，造成愛的衰弛與陳腐。

纏綿的作用，在於聯繫肉體與精神才足以發現到愛的自尊性。肉體的沉溺與精神的高昂對於愛的製作是不可割離與缺失的。

青春之書

「夏天的水，春天的花，秋天的月，冬天的太陽，你喜歡哪一個？」

「秋天的月。」

「啊，那你多愁善感。」

我猛然楞住，一種患得患失的感傷，使我自覺可憐與怨艾。彷彿之間就已是蕭蕭秋節的時分了，站在四顧蒼茫的莽野中，我寂寞的影子逐漸成為一株荒老的樹。

但盼今年會有一季美麗的秋天……。

沒有星星也沒有月亮，好黑好黑，山腰間只有一盞微弱的路燈，一條小小的小徑。乍然投進這陣黑暗的旋流裡，我急躁地連點了兩支菸，點點菸光捺熄了我脫離光亮之後的一些悵惘。樹枝在頭上款擺，我慢踱在校園外的這條小路，仔細的搜索著一些什麼，之後我想起了一句很漂亮的話：

「夜夜我的心因觸及你枕著的那片黑而冷醒，噢！泥土，我聽到一脈星河在哭泣一盞死去的光亮。」

妳是一陣春風
吹上了我的小樓
讓瓶中花兒為我開放
芬芳了我的心
我願寄妳一葉紅楓
讓楓葉帶給妳美麗

終於趕上了這陣從遠方流浪來的霧，天不天空，燈們燦爛了這最後的黃昏，燈們朦朧了疾走中的背影，我投下了一個孤單的人影，長長的，屬於世紀末失去靈魂，日日在悲涼中走過鐘擺聲的寂寞的少年啊！你竟在幻想的果園中苟活著，孱弱的吹不散這場陌生的霧？

早來的月兒逞強地刺穿這一層濃得化不開的灰牆，但它的輪廓更加黯淡了，望著它蒼鬱而出的稜角，我彷彿聽見一陣冷冷的哭聲。

然而，我知道，燈們終將送走這一場霧。

陽光，在明天就會燦開的。

跳過了月台地下道一階又一階的光亮。

初寒的氣候使得一位高瘦的青年豎起了他咖啡色外套的大領子，然後孤獨地奔走著。也許他是戲中一位正待赴約的瀟灑的男主角，然而外面的風雨很大，很冷。

打開雨傘，他忽然想起來此似乎是另有等待的。濕氣濛濛，他抿著好看的嘴唇，獨自輕笑著，那一個美麗的背影使他想起來了，多富挑逗性的身材啊，她那對時常竊視他的雙眼，不知為何令他保持了恁多的困惑與欣動。

一個從未交談的女孩子對他來說，始終的感覺是純潔而可憐的，有時候他幾乎想對著她的鼻子跟她說：啊，我們不要再捉迷藏吧！他知道她那時白皙的臉上會流露什麼，起碼他自己的嘴角一定會抿得更緊，更好看。

他的綺麗而充滿戲劇性的遐想，正如這陣瀟瀟不已的風雨，雖然他明瞭並非自我陶醉，但她今天居然沒來，未免太不公平了。走的時候，他還詩意盎然的笑著，因為他想著一首詩：「像一片楚楚可憐的蝴蝶，走在剛剛哭過的花枝上……」不知已何時了啊！

當妳想我，妳就叫我一聲。
當我想妳，我就叫妳一聲。

又是月圓時候，銀粉灑滿了一地，星們跳躍地去追逐每一個美麗的夢，晚風徐徐陶醉了一個綠色的靈魂。我不想詩了，我哼了一曲綠島小夜曲，悠揚的歌聲節奏地敲開了我的心扉，多麼靜謐的夜啊。聽說當月圓的時候，我們許的願望最容易實現，是的，我以祈禱的姿勢向明月祈了一願，啊，妳知道我喃喃說了些什麼嗎？現在夜深人靜，四周無人，我且把它記在心裡，作為我今夜的祕密吧……。

六點二十五分，我站在對街矮簷下，穿著一件藏青色的短風衣，一頂深藍的呢帽壓在臉上，無力地靠在牆柱上。

六點四十分，她從對面的小巷走出來。嗨！

你使我吃了一驚！怎麼沒去上課？

我沒答話，苦笑地搖頭。

雨很小，她撐著一把老舊的雨傘，穿著制服準備上學去。

我沒心情上課：我說。

我知道我的眼一定很迷惘，就跟她的差不多。

我想告訴她，我為情憂傷。但我沒有，她應該可以理解過來吧！

我送她到學校，沒說再見，也不搖手，頭也不回的轉身就走了。迎面走來一群零零落落急著趕上學的學生。

我在幹什麼呢？是什麼衝動驅使了我？

點起一根煙把手插進袋裡，像冬天一樣，我低著頭，緩緩走回家，天逐漸暗了起來……。

那些年的有一些日子

魚用眼睛看我

「魚在哭，水知道嗎？」

在網路上突然看到這一句話，令我震驚。是啊，誰會知道魚在哭？

魚最脆弱，卻是最富生命意象的動物，我寫過不少關於魚的詩。

如果你養魚，看看魚，就會知道魚睜大眼睛看你的樣子，是沉默的。

尤其是臨死前。那種沉默和靜，張大的嘴巴，令人感到悲哀。

魚平常是游姿優雅且活蹦亂跳的。

纏繞

那天，雨還下著。

我撐著一把傘，身上依然濕漉，卻沒有感覺。

這是一場不可能的遊戲，還沒有開始便已經準備結束。

我心裡不斷唱著，鄭怡和李宗盛的那首歌〈結束〉，唱到過門而不入，唱到晚上不能成眠，唱到雨下著。

妳淚如雨，纏繞著我。

觀浪

基隆濱海公路沿岸的風景百看不厭，遠遠的是藍白相間的海天一色，遼闊到讓我想到自己不過是波濤中的一滴淚水。

我看著海浪拍打岩岸，好大好壯觀的聲響，先是海浪推進的聲音，沙沙沙沙地捲過來，然後砰然一聲撞在岩壁上，又嘩啦啦的捲起老高的波浪，一波一波的退回去。

我用眼睛在記錄這些景觀，在我心中構築一個又一個的心情——

隨著浪高，漂跡天涯。

咖啡香，想念的溫暖

那個早晨，天空飄著綿綿細雨，空氣中一股冷冽的寒風襲面吹來，一個人走在那略顯孤寂的街道上，忽然聞見一股咖啡香，濃郁的香氣暖進了心坎裡。

不喝咖啡的我，從那個早晨起，用咖啡香寫下每天的心情……

原來，咖啡香能夠勾勒溫暖。

尤其是想念的溫暖。

我的溫暖是因為，有一個人，

也在想我。

冬天溫暖的約會

這個禮拜過了，下個禮拜，就是聖誕節，接著就是跨年。

年輕的時候，聖誕節是很有意思的，例如約會跳舞。當時非常喜歡那種天冷的感覺，把自己包得溫溫暖暖的去約會，真的很帥，也很棒。

現在要想想聖誕節該吃什麼大餐，還拿不定主意。

至於跨年，應該是，去哪裡給它過一夜吧！

陌生和親愛的交會

妳說，那天經過我家門口，彷彿可以聽到我脈搏跳動的聲音。
天啊，距離那麼近，卻相隔天涯，那是陌生和親愛的交會。

跨年妳沒跟著瘋，很好。
我就不行，我喜歡孤獨，卻不能寂寞。
我喜歡看人，尤其是人多的地方，特別是年輕人多的地方。
在人多的地方，我的心像個過動兒。
在我獨自的時候，卻像個思想家——羅丹的雕塑，
陰沉。

捨不得人潮美景

有點兒忙，有點兒煩，去南部走了一趟，似乎好過了些。

湖光山色最能調劑人心，或者說最能陶醉人心。

可是開車還是很累的。回來時路過清水休息站，已經是晚間，燈光通明，而且到處閃爍著亮麗的燈彩，可以說是美不勝收。

我幾乎不想回家，樓上的景觀餐廳還有醉人的爵士樂演唱，添加幾許浪漫，我也更加捨不得離開。趴在圍牆邊看下去，夜晚的景色迷離，人潮如織，年輕女孩臉上的幸福，叫我好不想把眼光移開。

離開時，真的有點怨恨，也有想哭的感覺。

家太遠了，必須趕路。

美景，永遠只能是心裡頭的一塊版圖。

彩色電視

這兩天，天氣突然好起來，心情好多了。

談到心情，有天半夜看電視，也突然心情好起來，感到看電視也是一件幸福的事。

為什麼呢？因為我家的電視老舊，映像管壞了，畫面顏色跑掉，變成藍藍黃黃的，已經一年多了，但為了不讓女兒整天坐在電視機前，故意不換，好讓她看得痛苦一點，看會不會減少看電視的時間。結果計畫失敗，不影響女兒對電視的熱愛。今年過年，就把電視換了一台新的，彩色超好，我看著電視裡的女明星，個個美豔絕倫，臉上的妝超美，而且半夜裡只有我一個人在欣賞，突然覺得很幸福。

因為，看了一兩年的無彩電視，突然看到那麼美的彩色，很開心。

可是，有時候看著電視，也會突然無緣無由覺得悲哀起來！那是對人生的哀愁吧！

彩色的魔毯拋向天堂

晚上坐在辦公室望出去，外面景色多美，那些燈光串成一串串，連接成一幅美麗的構圖，像是針織的圖案，燦爛而輝煌。高速公路兩旁的燈光，一直蜿蜒向前延伸，遠看恰似一條金碧輝煌的道路，像彩色的魔毯直向天堂拋去。

我的辦公室值得描述，超越七星級的豪宅。

建材全部是進口的義大利拋光大理石，包括地板和牆壁都是，據說是「從義大利買了一座山帶回來的」，價值兩三億。整座大樓光室內就一千坪，十五層就一萬五千坪吧，更別說停車場大樓可停上千輛汽車了。辦公大樓的規劃是中庭從一樓至十五樓全部中空，八部電梯全是透明式，從電梯裡看中庭，壯觀得連凱悅飯店都比不上吧。

我的辦公室在十四樓，臨窗，坐在椅上，抬頭便可看到外面的機場、基隆河、大直橋、河濱公園、美麗華摩天輪、高速公路、一〇一大樓、新光站前大樓，大半的台北地標就在我腳下，這完全是一個超奢華的辦公環境。我的座位超寬，桌上有電腦和電視，樓下有餐廳，整棟大樓所有的水龍頭冬天都是燒滾滾的熱水，我覺得冷了，就走幾分鐘的路去給它沖一下手，好溫暖。

但是，不久我就要離開它了，有點惋惜。人生沒什麼恆久遠的事！幸福也是。

秘密戀曲

妳是我的驕傲

韓劇裡，男主角對女主角說：「能成為妳的男人，是我的驕傲。」

這絕對是一句足以感動女人的話，而且也只有熱戀的時候才有如此深的體悟。

男女意識到互相隸屬，就是戀愛到可以委身的時候。

那是愛戀的頂端。

我不知道女人會不會對男人說出「我是你的驕傲」這樣的話，但我還是覺得，這句話由男人來說比較感人。

我記得韓劇裡還有一句話是深得我心的，就是男女主角吵架的時候，女生大聲的喝斥說：「不錯，我是瞎了眼，因為我正陷入盲目的熱戀中！」

愛情，激發出了世界上最動人的語彙。

生命的美學

選舉前，一位候選人說，他一定會讓這場選舉變得很有意義，這是一場生命美學的選舉。

把選舉視為生命的美學，這是政治人物少見的深度。

必須有深層的思考，才能見到這樣的體悟。

我的生命美學是什麼？也許還在尋找。

但一定要找出來。

兩大日本文豪，川端康成和三島由紀夫，他們在生命最顛峰的時候選擇死亡，很符合日本櫻花短暫而淒美的生命美學，但終究不值一提，只要有愛，生命就有熱情，不會熄滅。

遲到的肉體

妳生氣了。
說妳是遲到的肉體，妳生氣了。
但那個是實話，因為遲來，所以特別珍惜。
早就應該是我的，早來，妳的溫度會升高。
因為，會在我懷裡久一點。
體溫相加又相乘，我們，會更熱，更溫暖。
在我的肉體美學裡，肉體的組成，是肌膚、顏色、溫度和神經的套餐。

是視覺和觸覺的顛峰作戰，我們享受勝戰的快感。
然後，在溫暖的微醺中，擁睡。

欲求不滿

為賦新詞強說愁。
那是年少的時代，那個年代，已經距離我太遙遠了。
可是，我還是保有年少的心情、對感情的態度。
這樣的我，常常為自己所苦，常常覺得欲求不滿。
慾望太多，想像太多，獲得卻不夠。儘管大家都認為我獲得的已經太多了。
人的生理或心理構造，都是奧妙不堪。

日暮西山

我想，我是特別喜歡夕陽吧！
我的照片匣裡，真的都是到處可見落日夕照，是為它的美折服嗎？
還是我有日暮西山的心境？
看到黃昏時分天邊的落日，就克制不了要把它拍下來的衝動。
應該要弄個落日專輯吧？我想。它的美值得和大家分享。
其實，我還喜歡天空、雲、海天一色，就連翠綠的山、茂密或稀落有致的樹林，都能叫我流連，我的相機滿滿是它們的蹤影啊。
美的捕捉，是我心的工作。
當然，也包括那個她。

第一次

第一次，我們牽手，妳手掌僵硬。
第一次，我們擁抱，妳全身顫抖。
第一次，我們親吻，妳驚慌失措。
第一次，我們裸裎相見，妳全身發燙，眼角掛著淚珠。
自此而後，淚水常常在我們之間漲潮。

最痛的分手

最痛的分手，不就是還未開始就已經知道要準備結束的愛情嗎？

不可能的愛情是最痛苦的愛情，即使在最甜蜜的時候，也還留有苦澀的韻味。
不對等的愛情，不能公布的愛情，任何一個時刻都是痛苦。
分手是巨大的手術，這需要不打麻藥的勇氣。
隨時等著最大、最後的痛！

日記拾片

寫日記無疑給個人開了一張帳單，
在這上面我計算自己，衡量世界。

當他開始懂得憂鬱的時候，他清楚地明瞭自己已經長大了。無法逃脫這份莫名的侵襲，他就只好痛苦地忍受著。人生許是這樣的痛苦，但我們已無選擇。當你看透了人生，你將發現對自己原來是無須關注的，就像風中飄無止定的白紙，毫無生氣。到後來我們回到死亡的路上，毀滅了日子。這一切都很無可奈何，我懷疑人生並不真實，但我們有了思想，思想演活了人生的戲。所以思想才是人類最高的主宰，它永恆不斷地供給我們智慧和一切感知，當它停止的時候，我們正陷在睡眠的爛泥淖裡。

我一直以為過多的慾望並不能全然滿足人類對於幸福的迫切需要，而我從不曾奢求一些無謂的理想，恆常我如此認為：活著便是幸福。因為普魯斯特說過：「幸福並不降落於慾望之上。」如果幸福本身並不快樂，我們唯有等待，再創造，總是我們還活著。

存在主義之對於虛無主義該是一種直對性的反應，談不上叛逆。虛無主義本身卻是一個激怒的獨體，因為它不滿於自己，並且被迫漠視一切醜與美的事實。

看完電視劇《學生與我》，有幾點感受：

一、孤獨的性格起初是由於接受不到愛心所致，再就是心存自卑不誠於為大眾接受他的心理。

二、教育的形而上的辦法，唯乎「愛」！

三、了解和寬恕是建立完美人生的二劑。

四、自尊心往往起於榮譽止於榮譽。

唯物史觀的根本命題是：「過去我們都認為我們的意識決定了我們的存在，但現在我們已達到是我們的存在決定我們的意識。」然而唯物論者，始終無法解釋人類生命的神秘與奧妙，唯物論者若想用這種單面的真理來控制人類思想，那顯然是極大的錯誤。

我慣於處在一個不夠光亮的地方，我樂於在黑暗的路上行走，似在為一個可以期待某種希望的喜悅而作，然而在黑暗裡我確可獲一個隱蔽的權利，這雖然愚昧得毫無理由，但仍無法抹去我愛在黑暗裡為自己掩飾的那份衝動！

理智的人選擇了愛情，因為愛情是美的，雖則比生命更難獲得，但它能滿足追求者的原慾，我們毋寧說它是仁慈的。生命雖然可貴，但是醜陋的，它抓住了人類，推臨最後的死亡。然而聰明的選擇了後者，他們冀望現實的意義使他們獲得充分的安慰——這就是現代人的聰明，在一個真實的虛無裡追求潮流——當然是要被認為「有為」的！

約翰・史坦貝克在諾貝爾文學獎領獎席上發表他的領獎致辭。他敏覺地指出「人類一直在度過一場灰色而荒涼的混亂時期」，作家所負的責任是暴露我們許多可悲的錯誤和缺陷，把我們黑暗而又危險的夢想鏟去光明裡，並且要被委任宣揚和讚美人類那已給證實了的能力——對於心靈和精神底偉大的表現，即或對於勇氣、仁慈，和摯愛的……。此一觀點極為迫切，也許人類正在恐懼著「我們被賦予的那可怕的重擔」——無論就心靈或精神的，但如果我們竟要逃離這場戰爭，那將是相當懦弱與愚昧的。恐怕我們不能再遭受到什麼破壞了，我們更偉大的使命是解救並創造自己，而且要被委任作家所負的每一個責任。

歷史為我們堆造責任，因為我們必成為歷史的一過程。

尼采為何宣布上帝已死？歐洲人是如何相信他的呢？這不可思議的「力量」，正是我不解的地方。

「自己」是一堆賭注，要看你如何下了？

當我們論及虛無（偽）時，切忌談起「絕對」！

愛情如同我們的智慧。

我們時時刻刻在與理想說夢話，而與自己說謊——因為此時我們輕易得不用負任何責任。

法國普羅旺斯，遠離人煙的牧場上，有一位牧羊少年獨自守著羊群，有一天，忽然來了個主人差來送米糧的千金。她美得有如這少年夢中的公主。

少年送少女回家，可是路上鬧山洪，少女回不去了。她只好在少年獨居的牧場小屋裡過夜。

少年在小小房子，為她鋪毯子讓她就寢。

「唯有蒼天曉得，我思潮洶湧，血液沸騰，但絲毫不萌邪念。一想到這位小姐在我的守護下，睡得比任何一隻羔羊都香甜安寧，我就感到無上的驕傲。我從未見過這麼深闊的夜空，這麼閃耀的星輝。」

阿風士•杜德在《星》裡如此描述一位少年純潔的心靈。

愛必須珍護，不是佔有。

亞里斯多德的倫理學認為人生的目的不在善，而在幸福的追求。倫理學的目的在於闡明幸福的意義，以及獲得幸福的方法。他確信人類獨特的優點無非是思考力，這力量的發展可能帶給我們幸福而圓滿的生活。

他強調，我們的精神活動自由而完滿時，我們將獲致快感，精神活動為外物所牽制，或本不欲活動而為外物所強迫時，則發生不快的感覺。

因此，孩子們的快樂乃是成年人的一面鏡子。

似乎有一條受苦的路子，在藝術家不自覺的眼中，是註定被一般人所揚棄的捷徑。宗教中，尤其是佛教以大悲苦為涅槃，而慧黠的藝術家，從受苦之中的反省獲得再出發的動能。或者說，受苦是他們純粹的快樂。

恆常有一種快樂被埋葬了：即是無知。

幽默感是不可缺少的，具有幽默感的人恆常是樂觀者居多，那些成功的人，大都是樂觀者。

美國某位心理學家甚至認為，幽默是一個人是否被社會接受的普遍標準。他說，幽默的類別是從低級的最原始的野蠻形式，經過對人或物的貶抑，以至到「抽象的機智及理想的滑稽」的最高形式。

至於幽默的科學解釋更為有趣，因為大多數的幽默是基於為了要抬高一個人的自我意識或是社會地位，而來批評或使他人身價或社會地位受到貶抑。

「幽默」到今天，已逐漸形成了一種社會工具，我佩服利用幽默感來吸引異性的人。

也許我們會覺得外在世界是一個世界，而內在的世界又是另外一個世界，其實都是出於「自我」的現象，——即是因為在自我的概念世界中，主動地抓住一個「我」，然後造成一種「隔」的狀態，於是自我隔出了內在、外在世界之分。

在心靈的自由和諧之中，我們必須撤離心理的主體，而開放地面對人間世界，在「能見」和「能感」的範疇內，去發現一個新的存在，美的存在。然後這「存在」才能超越一切痛苦，涵容諸般對立，而形成一種最大的和諧。這和諧即是美。

我是不安與沉默的運動家。

有一段時間，對於裸體充滿思慕。

那是在役期的後半段時間，一方面由於思念家鄉的情人，另一方面由於身體被安排了一種固定的角色感到厭倦。

同時，三島由紀夫的死，使我對肉體的美覺醒。

每次想到薔薇，就被薔薇深邃的抽象意義所撞痛，而憧憬她的美豔，從此幾乎要把女人視為詩的動力。

從另一個角度來看，「性意義」的發掘，未嘗不是新時代的課題。縱然如此，我仍然拙於分析把裸體、女人與薔薇聯想在一起的心理現象，表面上看來很簡單的事，其實並不能精緻的加以陳飾。

「性」又是什麼樣的意義呢？每一個人的理論至多只能叫我感動，無法命我臣服。

能夠諒解我的，我感激他。

不能了解我的，我諒解他。

曾經有人把「職業」下定義為：

痛苦的力作（painful exertion）。

除了因為在勞神、勞力、責任、技術及工作環境等付出相當代價或苦楚以外，還要因為某一職業而忍受不意願之事或犧牲個人在擁有該職業之前的享受。因此，任何職業多多少少都含有犧牲的苦楚。

明知如此，而又不得不，這才是更大的威脅吧。

人類生命最大的甜蜜，在於支配自己的「時間」為自己的享受做最大的服役，因為就職而喪失了支配時間的自由當然是一種犧牲，也是一種苦楚。

如果說，工作是為了生活，為五斗米而折腰，那麼「為了生活而工作」的最終目的又是什麼呢？如果是為了使自己的生活過得更舒服，那麼「痛苦的力作」著，未必是幸福的生活吧。

矛盾。

我的錯，常常發生在：追求非分的幸福。

訊息

前天下班回到家正好七點，妻劈頭對我說，林君中午因為腦溢血被送到醫院，一直昏迷不醒。我嚇了一跳，沒想到一個肥胖的軀體，說倒就倒了，尤其才四十歲的年紀。

第二天我陪妻到林口長庚去看他，他動也不動地躺在床上，臉上罩著氧氣，成為一個毫無知覺的人，全依靠氧氣在輔助呼吸而活著。他是一個誠懇的好朋友，每次在路上碰到他，總會拉我到高砂橋下的鯊魚翅攤小飲，他的酒量好，雖然話不多，但那慢吞吞的口氣，使人感覺到什麼叫老實人。

今天下班回來，妻說，林君已過世了。妻告訴我，在他臨終前，眼角猶掛著一顆淚珠。

我為他的最後一滴眼淚感動不已，在昏迷後，這大概是他唯一對這世界的聯繫訊號吧？或許花了很大的努力才勉強擠出了這顆眼淚，是向這個世界或他的親友告別的語言嗎？

然而，他的太太很快的就把這顆眼淚擦掉了。當妻這樣告訴我時，我心裡難過到極點，雖然眼淚總會乾的，但林君那顆眼淚卻包容了他一生最大的抒情，這擦拭的舉動顯然是一種「誤會」，卻叫人感到多麼殘忍啊！

這顆被擦掉的眼淚，成為我懷念他的莫大象徵，這又讓我想起三哥，一九七七年的那場車禍帶走了他那年輕的生命，當我趕到現場時，他已經不能給我任何的訊息了，我撫摸著他漸漸失去體溫的手，不由自主的痛哭起來。我不斷的向路人詢問他臨終前的遺言，然而他似乎去得太快，路人只聽到他臨終時長長的嘆了一口氣。

我一直在想像他嘆那一口氣時所聚集的思想，他一定在想些什麼，他也一定想表達什麼，或許是為了紓解肉體的痛苦，或許也是向親人告別的語言吧，我永遠無法知道親愛的哥哥在離開人間時最後的抒情，這是我在他逐漸失溫的身體前痛哭的理由。

林君的眼淚和三哥的嘆氣，在悲慘中透露著巨大的訊息，那是人一生最大的抒情，然而，卻沒有人能夠理解它的美，人生真是一件殘酷的事啊！

運動

隨著科學、哲學、語言等思考世界的擁擠，人體漸漸被貶值。然而運動中的人體卻給笨重的世界，帶來一個優美的呼吸。

運動的規律是一種生理力量的美，人的氣質與情調、情欲強度、注意能力、包括幻想與愛好等，都能在運動中顯露其活潑的線條。

如果由於心理緣故而抑制生理機能的作用，使人體舒暢遭受阻礙，心裡的負荷便更增強。美學家通常認為運動是人類最初的一種抒情，這種抒情，卻是最合乎情感發洩的自然法則。

優美的動作，即便是一次深呼吸吧，便能對抗原有的憂悶，這是最便宜的人生醫學。日本詩人村野四郎在其《體操詩集》裡寫下：

我翻翻柔軟的手掌
深深呼吸著
這時我的姿勢
如插上一輪薔薇

身體氣息的運動，將是這個世界一朵不竭的薔薇，隨時等待我們灌溉和欣賞，創造抒情的人生。

第五輯　情書

飲醉在你的恍惚裡

也曾想望回到夢裡搜尋
搜尋我失落的戀痕
或是你，不滅的花靨……

乍想昨日的夢做得多美
卻不待那豪華的霧升起
就靜靜地從我底時間散淡
帶走一個淒美的故事
帶給我無盡的相思

而結局如此憂鬱
也曾想望回到夢裡搜尋
搜尋你錯亂的黑眸子
搜尋你，深邃的微笑

哦，我願飲醉
飲醉在你的記憶
飲醉在你的懷中
飲醉在你的恍惚裡……

夜來香

假使妳是那壺花酒
我就是隻營營的蝴蝶啦
飲醉了，一鉤惺忪的晚上

風來，抛出一隻銀光色的纖手
盈盈托住妳的嬌笑，纏我
我面一流桂華，竟萎為花奴
唉，六月剛剛出浴
就被妳的笑音沖暗了半臉

今夜，今夜我將是個瀟灑的酒徒
在妳的拋向線下
飲醉了，一隻銀光色的纖手

唱著歌的路

我們總是把這條路叫成為歌的
就在我們走過的時候唱出來

久久不忍離開的腳步
已說是我們獨對的笑意
那把我們繫成一種
就叫做愛的
佩帶
永遠垂掛我們胸前

擦著更亮的歌聲

我們是這樣年輕過的
在鮮活的時刻
我們將我們的心
唱成為一支　都叫做歌的
路

總是越走越美麗
越走越美麗

情書

很簡單的一個字
愛
為何總是寫不好
然而我心裡的愛多麼美麗呢

被鮮銳的筆尖刮壞了的
練習簿
也許因為承受不住這笨拙的感情
才到處被割破

對不起
愛人
我已很小心了
我已很小心了嘛

好吧
這次我就把愛
寫在我笨拙的手掌
筆尖狠力地去刮破
讓鮮紅的血也流出一個
愛的樣子

我仍然是甘願的
用這痛楚的美寄給你

再見

說一聲再見
又到了離別的時候
我要看著你
如何對我緊握

伸手的瞬間
彷彿要握的是
一個世界的重量
我的憂愁

被握成了一滴水
沿著嘴唇流下去

啊　如何向你說再見
我手裡早已握滿了
鹹濕的水珠

為什麼

我要向你告別
親愛的
請不必記住我
單薄的背影
我掉淚的時候
你就趕快離開吧
既然註定要分離
又何必難忘這一刻

回家的時候
我或將告訴你
為何信紙也總是
那麼單薄的
總是貼著我的背影
寄出去

謊言

原諒我對你說了謊言
那是因為你已經不真實

雖然一開始
你的真實
就使我感到毀滅

所以求求你
讓我沒有隱瞞的說一次謊吧

即使是一次

我寧願忘掉
我的名字
穿起訂做的衣服
到花街上
對人招呼

項鍊

每到入夜以後
我就要再次顧視
曾經被你溫熱過的胸脯
是否還會像舊夢裡
甘於被植染的一片羞紅

遺留的溫度
確曾在我體內急促地呼吸
能證明我依舊痴熱地被活著嗎

今夜已被摒棄
如果你的體溫一開始便珍藏了愛
而遙遠的情人
無法守住不羈的胸口

那麼
在得不到愛的回覆以後
允我割開敗北的胸脯吧
情願把我被你溫熱過的貞操
還贈你逐漸灰絕的羞紅

秘密戀情

有什麼不可告人的事
我只能在沒有人的地方
看到你鮮紅的愛
像一滴堅實的血
淌進我的脊椎

愛要愛得那麼艱苦嗎
血要留得那麼孤獨嗎

沒有人的地方
才是我生存下去的地方
愛人
我熱烈地呼叫
我只能從我的脊椎裡
聽出熱烈的回答

堅持生存也是不可告人的嗎
愛人的血
爬滿我全身的脊椎
如今只希望你告訴我
愛要愛給誰知
血要留給誰看

問候

不知窗前的小花
何時又落滿了一地
多事的月光
實在不該在這個時候
拍照我秋的影子

淒涼的晚風
不時在窗口向我問路
是遲遲未歸的情郎

也許就要回來了吧
輕柔的裙角
突然禁不住浪漫地
飄動著花式的夢

啊
這一聲冷
是遙遠的情郎向我傳回來的
低低的問候嗎

花的哀歌

花開那時
你不聲不響的走了
曾經為你含苞待放的花枝
再也無法追回
往日騷動的風情

愛的回憶
卻常常在瞬間開放
我依稀聽見一種聲音

來自落地的花朵
沙啞地飄向遠方

愛人啊
為何老是讓我撿拾
這篇隱隱飄回的哀歌
只留下一聲憔悴
等你
親手收存

隔夜的衣裳

唯恐弄亂了我的衣裳
你輕輕將我捧起
如保護雪白的頭紗
怕沾上你來時的風塵

一身的潔白
想來就要託付給你了
卻忘記這是我僅能的一次
居然沒有讓你留下地址……

脫落一地的衣裳
或許還能編出一個夢吧
我必曾時常穿著雪白的新娘禮服
等在你去時的路上

哭過

這樹兒昨夜必也哭過
我見到滴滴的淚水
仍然含著萬種柔情
不甘願掉落

兩隻雁兒
嘻皮笑臉地飛回來
把樹兒滿身的淚水
都吻乾了

啊！可恨的雁兒怎會不知道
昨夜我也曾哭過呢

望著剛剛飛走的雁影
我急忙唉叫一聲
雁兒啊
請銜著我的呼喚帶去給他
不要掉落

少女心

多少日子了
你說過要回來看我
看我滿唇的胭脂
看我為你做一次最美的妝扮

嫣紅的唇色是你愛的
我每天努力的學搽胭脂
等待你回來

或許你是愛躲在遠處偷看
這顆妝扮的少女心
才不回來的是嗎

我只有對著
那逐漸飄搖淚濕的遠處
不停地為你擦著
愈來愈紅的
少女心

落在小河的夢

綿綿細說著我的哀愁的
親愛的小河
有幾片落葉怯怯地
飄落下來
陪著

孤單的倒影
也不自主地搖擺起來
那是

你曾撈過的
愛哭的我

陪著片片的落葉
淚水才能漂向更遠的地方
看見一個不回頭的你吧

怯怯的夢
於是不斷地飄著
不斷地飄落下來

旅途思情

半夜裡
一盞黝黯的花朵
悄悄地點亮了

那是
在我覺得冷的時候
高高飄浮起來的
你的臉

小小的盤據
也只能在我的睡夢裡
如此黝黯地搖擺著……

你也感覺到冷
才把我的天色點亮的嗎

召喚

是你親手栽種的植物
每當月圓時分
總愛無事地
伸長我瞭望的影子

而忍受著
這極大哀憐的深夜
只有我能不理會
日漸萎暗的月色吧

不眠的那植物
終也模擬成我召喚的手
沉不住氣地向你指揮
一次又一次的夜深
天亮

禮物

像落葉一樣走動的
外面閃現的影子
到底是什麼

不可自制的心
也這樣
望過來
跟過去的
到底怎麼啦

懷疑你已回來
似的
閃跳的心
卻突然窺視到
什麼也沒有的
就是你撩人的禮物嗎

悔恨

早已知道
不能再說謊了
偏偏在你背離的時刻
倔強地揮別

當你回頭的剎那
原本充滿悔恨的我
卻又不自主地
垂下了手

直到你完全消失
我遼闊的視野
突然像被淒迷的風塵給反擊回來
那樣無情地追問：
你還好嗎

親親

只輕輕的碰觸
便無防衛地臉紅起來
也許你還聽得見
波波的血紅聲

寂寞的血液
那是經過一番挑逗
就能自動歡呼出來的
青春的化妝嘛

臉紅的時候
才想到卸妝的孤獨
不禁低下了頭
對你說
不要

語言文學類　PG0373

薔薇的剪裁
——郭成義小說．散文．詩合集

作　　者 / 郭成義
責任編輯 / 黃姣潔
圖文排版 / 賴英珍
封面設計 / 陳佩蓉
內文校對 / 呂佳真

發 行 人 / 宋政坤
法律顧問 / 毛國樑　律師
印製出版 / 秀威資訊科技股份有限公司
114台北市內湖區瑞光路76巷65號1樓
電話：+886-2-2796-3638　傳真：+886-2-2796-1377
http://www.showwe.com.tw
劃撥帳號 / 19563868　戶名：秀威資訊科技股份有限公司
讀者服務信箱：service@showwe.com.tw
展售門市 / 國家書店（松江門市）
104台北市中山區松江路209號1樓
電話：+886-2-2518-0207　傳真：+886-2-2518-0778
網路訂購 / 秀威網路書店：http://www.bodbooks.tw
國家網路書店：http://www.govbooks.com.tw
圖書經銷 / 紅螞蟻圖書有限公司
114台北市內湖區舊宗路二段121巷28、32號4樓
電話：+886-2-2795-3656　傳真：+886-2-2795-4100

2011年01月BOD一版
定價：300元

國家圖書館出版品預行編目

薔薇的剪裁：郭成義小說. 散文. 詩合集 / 郭成義著.
-- 一版. -- 臺北市：秀威資訊科技, 2011.01
面； 公分. --（語言文學類；PG0373）
BOD版
ISBN 978-986-221-493-0（平裝）

848.6 99009042

讀者回函卡

感謝您購買本書，為提升服務品質，請填妥以下資料，將讀者回函卡直接寄回或傳真本公司，收到您的寶貴意見後，我們會收藏記錄及檢討，謝謝！如您需要了解本公司最新出版書目、購書優惠或企劃活動，歡迎您上網查詢或下載相關資料：http:// www.showwe.com.tw

您購買的書名：______________________________

出生日期：________年________月________日

學歷：□高中（含）以下　□大專　□研究所（含）以上

職業：□製造業　□金融業　□資訊業　□軍警　□傳播業　□自由業

□服務業　□公務員　□教職　□學生　□家管　□其它_____

購書地點：□網路書店　□實體書店　□書展　□郵購　□贈閱　□其他

您從何得知本書的消息？

□網路書店　□實體書店　□網路搜尋　□電子報　□書訊　□雜誌

□傳播媒體　□親友推薦　□網站推薦　□部落格　□其他__________

您對本書的評價：（請填代號　1.非常滿意　2.滿意　3.尚可　4.再改進）

封面設計____　版面編排____　內容____　文／譯筆____　價格____

讀完書後您覺得：

□很有收穫　□有收穫　□收穫不多　□沒收穫

對我們的建議：______________________________

____

____

____

請貼
郵票

11466
台北市內湖區瑞光路 76 巷 65 號 1 樓
秀威資訊科技股份有限公司　　收
BOD 數位出版事業部

....

（請沿線對折寄回，謝謝！）

姓　　名：＿＿＿＿＿＿＿＿　年齡：＿＿＿＿　性別：□女　□男

郵遞區號：□□□□□

地　　址：＿＿＿＿＿＿＿＿＿＿＿＿＿＿＿＿＿＿＿＿

聯絡電話：（日）＿＿＿＿＿＿＿＿（夜）＿＿＿＿＿＿＿＿

E-mail：＿＿＿＿＿＿＿＿＿＿＿＿＿＿＿＿＿＿＿＿